小生物语

SHOUSEI MONOGATARI

[日] 乙一 著

陈惠莉 译

人民文学出版社

著作权合同登记号 图字 01-2023-1574

乙一
小生物语

SHOUSEI MONOGATARI by Otsuichi
Copyright © 2004 by Otsuichi
Original Japanese edition published by Gentosha Inc.
This Simplified Chinese edition published by arranged with Gentosha Inc.
Through The English Agency(Japan) Ltd.

图书在版编目(CIP)数据

小生物语/(日)乙一著;陈惠莉译.—北京:
人民文学出版社,2017(2023.4 重印)
ISBN 978-7-02-012591-3

Ⅰ.①小… Ⅱ.①乙… ②陈… Ⅲ.①散文集-日本-
现代 Ⅳ.①I313.65

中国版本图书馆 CIP 数据核字(2017)第 068820 号

责任编辑 陈 旻
特约策划 陶媛媛

出版发行 人民文学出版社
社 址 北京市朝内大街 166 号
邮政编码 100705

印 制 上海盛通时代印刷有限公司
经 销 全国新华书店等

字 数 106 千字
开 本 787 毫米×1092 毫米 1/32
印 张 7.25
版 次 2014 年 9 月北京第 1 版
印 次 2023 年 4 月第 5 次印刷

书 号 978-7-02-012591-3
定 价 68.00 元

如有印装质量问题,请与本社图书销售中心调换。电话:010-65233595

小生,感激。

小生,信服。

小生,反省。

小生,惊愕。

唤醒大多数人的狂热和兴奋的现代"奇书",

简体中文版终于登场。

稀世少有的推理作家——乙一约等于小生,

将波澜万丈、奇奇怪怪却又平稳无事的日常

以其独特的舒缓文体连缀成篇。

虚实交错的、小说家的一百六十四天,敬请享受。

(特别收录文库版新作的三天日记)

目 录

在网络上信手所写的日记竟然汇编成了一本书。因为编辑说无论如何都要这样做,所以这样出版了。但是善良如我要事先声明:看这本书是一点儿好处都没有的,最好还是别把金钱和时间花在这本书上。

关于出版这本书,我实在有些犹豫,因为我很容易就能想象看完书之后发出不平之鸣的读者的模样。我想应该会有人反映:这根本是偷工减料的作品。这次出版的目的本来就不是为了夸显文章,所以刊载在本书中的文章确实是偷工减料的,读者到处都能看出偷工减料的痕迹。如果你找到了一处偷工减料的地方,那么最好有心理准备,因为还有其他的漏洞藏在阴暗处。当你以为偷工减料的部分已经过去时,下一秒钟就会发现还有新的漏洞。本书就是以一连串让你来不及喘口气的偷工减料手法制作而成的,简直就是偷工减料大游行,是偷工减料的乐团,更是偷工减料的舞台、偷工减料的独奏会、偷工减料的祭典、偷工减料的渔业……是任何形容词都不足以形容的一本偷工减料的书。所以我觉得在书店里犹豫着要不要购买本书的人最好还是别买,把钱花在更有用的书上,譬如讲谈社出版的"蓝盒"系列。

乙一

除特别标注外，本书中的注释皆为作者原注。[*]

第一部

远离故乡爱知篇

说起来很唐突,我尝试制作了个人主页。试了之后才知道不容易,曾经想放弃。我本打算采用"游客笔记本"的风格,却进行得不顺利。我也设置了计数器,却没办法发挥功效。是哪里出错了吗？我怀疑是自己点击鼠标的方法不对,于是试了好几种点击的方式。

至于我为什么突然想制作个人主页,其实是因为前几天前往京都旅行时,和《圣战》的作者定金伸治老师①聊到个人主页的事。我想,以后的作家都非得拥有自己的主页不可。

────────────────

① 住在京都的作家,与笔者一样都是写 JUMP 小说出道,相当于笔者的前辈。所谓的 JUMP 小说是集英社出版的"新书版系列",一向被称为轻小说,是只阅读正规书籍的人一辈子都无缘接触的书。笔者是以写 JUMP 小说系列出道的。以此途出道的人当中,也有人日后得了直木奖,但是 JUMP 本身的认知度依然很低。JUMP 小说奖真是怪透了,不按牌理出牌,竟然经常给笔者和定金伸治这种人奖金。

11 月 20 日

　　用我家的电脑没办法在留言板上留言,其他的电脑好像都可以。我发现我认识的人在我的留言板上留下了奇特的文字。没办法回复,真是非常抱歉。不过,这也是每当我嫌回信太麻烦时冠冕堂皇的借口,也没想要有所努力,人际交往方面因此变得圆滑了许多。

　　对了,我看了《限制级战警 2:极限公国》和《七夜怪谈》①,内容很有趣。

　　今天一早,满脑子都是回转寿司的影子。

---

　　①　曾译为《午夜凶铃》系列,后译为《环界》与《贞子之环》系列,是日本作家铃木光司所著恐怖小说系列。(编者注)

我一边舔着糖果一边躲在棉被里睡觉。基于有益眼睛的考量，我选了掺有蓝莓口味的糖果。当我一觉醒来时，糖果已在不知不觉中从口中消失了。之前我也曾经历过几次同样的事情，每次都想：糖果可能是溶化不见了吧？

可是事实好像不是如此。我想，可能是在半梦半醒之间，糖果随着口水流出去了。我为什么会知道呢？因为我将枕头翻过来一看，发现之前以为从嘴巴里消失的糖果正紧紧地黏在上头。

11月22日

　　我不记得今天做过什么事了。下午两点醒来,去附近的家庭日用品卖场买了炸薯条吃,看了一部电影,然后又倒头睡到晚上八点。

　　我每天都会吃家庭日用品卖场的炸薯条。每次买,都觉得味道和硬度有微妙的差异。也许是负责制作的店员的技术有差异,又或者是调味的轻重以及做好之后放置的时间长短而造成味道上的不同?好吃与不好吃的差异相当大。买薯条好像变成一种赌博了,每次购买时总会抱着"今天的味道不知道如何"的心态。

　　也许本来都可以做得很好吃、却偶尔故意掺入一些比较硬的东西进去,以便提高购买率的那种赌博性作怪?就像多了沙拉味和辣味两种口味的选择,也许更能提高游戏的参与度?

话又说回来,小生要先在此声明。这本日记与其说是日记,不如说更像是笔记或流水账,看起来实在也不怎么有趣。求求各位,就别看了,这是小生恳切的请求。

前几天,小生对水床产生了兴趣,这起因于 K 学长①的一席话。K 学长的一个朋友好像说过:"人生有三分之一的时间是睡掉的,所以床铺要买好一点儿的。"

小生可以理解。

所以才会在这里提到水床。所谓的水床,就是装了水的床铺。听起来似乎挺好玩的。举例来说,如果把金鱼和海藻也放进去的话,不知道会是什么样子。然后摆在太阳照得到的地方,这么一来,金鱼应该会在水床形成的封闭生态里长久存活下去。

小生的这个梦想不断地膨胀。

如果一开始就放进大量金鱼的话,它们就会不断地交配,增加数量,最后就生出了拥有智慧的金鱼,于是床铺当中诞生了文明。它们因而获得属于自己的文化、艺术和政治形态。然而基本上它们毕竟仍是低智商的生物,所以并不知道水床之外另有世界。所以当小生

---

① 小生大学时代社团的学长,经常把窝在家里足不出户的笔者带出门去蹓跶。

躺到床上时,它们就会抬头看着罩在头顶上的黑影,骇然地问这是什么东西。这种惊吓已然是足以颠覆它们文明的事情了,于是它们选出了杰出的科学家来调查小生的影子。它们凑到水床上部的透明薄膜附近,用鼻尖戳着小生的影子。当小生突然站起来时,就会看到它们只聚集在我躺下的部位。譬如,如果小生呈"大"字形躺着的话,它们也会聚集形成一个"大"字。它们也会因为突然消失的黑影而难掩惊愕之色,露出一脸愚蠢的表情。小生就喜欢想象这种愚蠢的事情。知道小生喜欢到了什么程度吗?小生曾经和朋友们一起热烈地讨论过"F老师的漫画角色中最喜欢哪一个"的话题,结果小生的答案是"大雄"①。小生知道二十四五岁的人还在讨论这种低能的话题实在让人有点儿难以接受,在此就略过了。总之,小生好想要一张水床,便上网查了资料。

结果小生发现,水床中的水好像得掺进什么奇怪的物质才行。大概是为了避免水质发臭吧?不难想象,如果把金鱼放进那样的水床里,金鱼很快就会死光光了。也许它们立刻就会窒息、腐败、分解而溶于水中吧?小生想象着自己躺在那堆腐败的金鱼上头睡觉的模样。

于是,水床的事最后被搁置了。

_____

① 漫画《哆啦A梦》的主角之一,脸上戴着一副框架眼镜。

11月24日

我在漫画店里看了《沉默的舰队》①，内容很有趣。后来我到平价餐厅去点了饮料，研究模拟袭击银行的计划。问题是我该怎么去购买套在头上的丝袜？我可没有自信能够脸不红气不喘地去买这种东西。

---

① 描述原子潜艇独立为一个国家的杰出漫画。

11 月 25 日

一整天什么事都没做,只吃了通心面。因为家里有快过期的劳什子酱料,我觉得得赶快想办法把它解决掉才行。也许明天就会因为食物中毒而死亡。

我特地学了贴图的技术,所以想画些什么东西贴上网。因为我的电脑里有调色盘①的功能。这几乎是我第一次有效活用电脑自带的图像制作软件。可是我的专业领域又不在这方面,我到底在干什么?一开始,我花了大约半天的时间贴上猫的图片,不过现在又改成其他的图片了。我没有经过对方的同意就擅自调色了从某家网站下载的照片,不知道会不会惹上麻烦?

_____

① 用电脑绘图的道具。

有人说小生的留言板①设计得令人害怕，又显得忧郁，所以小生把它改成比较明亮的模样。

今天小生到"一番韩式"烤肉店去。因为手上有一千日元的餐券，所以小生想把它用掉。得到的答案竟然是"不能用于午餐时间"。好恨！这种心情形成了一种反叛的心理，打定主意，等小生哪天成了伟人，就要到那家餐厅附近的那间看起来生意不怎么样的"阿健"烤肉店去。但是一千日元的餐券不用又可惜，所以小生打算这几天再找个非午餐时间到"一番韩式"烤肉店去一趟。小生这个人真是没志气。

---

① 网站上可供人们对话的系统。当时笔者的网站上有一个灰色基调的阴郁留言板。不过，就在今天，我把它改成了粉红色的留言板。

11 月 27 日

中午时分,麻吉①先生跟小生联络,说中饭不能不吃,干脆一起去吃顿饭吧！这位麻吉先生就是擅自帮小生制作"乙一的放任网页"的人,相当于小生的后进。我们计划到他赞不绝口的一家拉面店去吃。小生对这个提议很兴奋,兴致勃勃,因为小生好想从工作中挣脱出来,于是他的提议成了小生逃亡的借口。闲聊之后才知道,原来他也想从研究工作中逃脱出来,现在正在去拉面店的途中。明天他就得准备好研究室报告会的劳什子工作,竟然在这个时候逃亡了。小生很能理解他的心情。小生觉得我们好像经常要逃离什么似的,即使只能逃离极其短暂的时间也无所谓。我们就是必须得到无可取代的自由才行。那段愉快的回忆可以振奋精神,使得我们能够克服更大的困难。总而言之,小生就这样坐上了麻吉先生的车,意气风发地前往拉面店。

我们逃亡的目的地——拉面店,本日休息。

---

① 一个非常热爱山本正之和押井守的男人,从事运送血液的打工工作。

12

11 月 28 日

　　我连上了定金老师的个人主页。我之所以做自己的个人主页，跟定金老师在京都聊到主页那件事是个关键。前往京都时，我去逛了逛某编辑建议我去的旧书店。我跟定金老师在街上游荡了老半天，好不容易才找到那家旧书店，店名叫"阿斯塔尔特书房"①。这家书店真是不赖，气氛和里面的东西都是我喜欢的。那种气氛就好像店的后头进行着妖术、巫术般的黑魔术表演一样。女店员看起来就像《来自魔界》(光原伸的漫画作品)中的米瑟利(故事解说员)。

---

　　①　这是《快 Jump》杂志的现任总编辑森山先生告诉我的旧书店，店的后头有人从事黑魔术表演(我猜测)。

11 月 29 日

　　我买了游戏方块机，又买了游戏软件《恶灵古堡 0》，顺便也买了PS① 的《古墓奇兵 5》。不过我今天玩的游戏是网络上的《炸弹超人》。有朋友来家里玩，所以我们玩双打。回过神来时发现，我们竟然已经玩了五个小时。仅今天一天，就有不少的炸弹男被炸死了，真是遗憾。

---

　　① 　Playstation 的简称，索尼旗下的家用电视游戏机。（编者注）

　　玩游戏《恶灵古堡 0》时突然停滞不前了。打从一开始就无法过关的玩家大概只有小生吧？既然过不了关，就只好工作了。如果老是沉迷于停滞的游戏之中，工作就完蛋了。玩《古墓奇兵》系列时，小生就知道这个事实了。真庆幸小生是游戏白痴。一旦工作上有了进展，就不再因为游戏打不好而灰心丧气了。小生一点儿都不懊恼，完全不放在心上。应该说，没什么大不了的。

12月1日

一如往常，我睡到中午才醒来。今天我打算去电影院看电影。我对朋友们宣称，今天要去看《蓝色青春》和《哈利波特2》，但是只因为"人可能很多"就很干脆地放弃了。这种心态简直就像拒绝上学的儿童一样。

我检视了一下电子信箱，发现 Kurashina 小姐看了我的日记之后寄了信来。所谓的 Kurashina 小姐就是作家松原真琴老师①。

"GameCube② 的大小，适合拿来作为打人的钝器吧？"

信里这样写着。我忍不住用一只手把那个四角形的物体拿起来看。上头有把手，确实应该可以拿来作为钝器使用的。不对，就它的机能性而言，好像开发时就是打算用来作为钝器而不是作为游戏机使用。总之，只要插上四角形的电源，就马上被僵尸吃掉了。后来，我一个人在平价餐厅里消磨了六个小时之久。我已经记不起来这段期间做了什么，可是待我回过神时，发现口袋里面竟然塞了沾血的大量纸钞。我心生恐惧，便把那些纸钞冲进马桶里，然后回家了。

---

① JUMP 小说出道的作家，是 22 岁的年轻女孩，笔者的后辈，出版过《审判之神》。是《审判之神》哦！前一阵子，笔者跟她还有定金伸治三个 JUMP 出道的作家一起到土耳其旅行了两个星期之久。我们多半住宿在三人房里，定金伸治老是穿着睡衣在她面前晃来晃去，我怀疑他是不是在进行性暗示？对了，她的个子很小，在土耳其，竟然有很明显年纪比她小的外国人像哄孩子一样抚摸她的头，把她气得半死。

② GameCube，任天堂公司出品的家用电视游戏机。（编者注）

我在昨天的日记中写到在平价餐厅消磨了六个小时之久，是真的。我把工作内容写在笔记本电脑上。晚餐时，我一个人占用了一张桌子，对店员们真是过意不去。

电视机后头的电线们真是辛苦了。电视、录影机、PS 二代、四角形架、DVD、音响、电脑等电线和电源线什么的错综复杂地交错在一起。我觉得好像会有某种特殊的东西从那堆交缠在一起的电线之中诞生，感觉好可怕。妖怪人贝姆、贝拉和贝洛①是从谜样的液体中诞生的，也许现代的怪物们是从交缠在一起的电器电线当中诞生的。这也说不定。

---

① 日本传统动画中的人物。除了这三位之外，还有贝马、贝米、贝摩、贝雷等。当然，都不是真实存在的人物。

17

12月5日

我家厨房的角落里有一个专门放置空罐子的纸箱,里面塞满了果汁罐等空罐子。空罐子从纸箱中"满溢"出来,堆得就跟山一样高。每次把空罐子放上去时,总会一边想着"也许目前这个状况已经达到极限,放上这个罐子的一瞬间就会引起山崩或雪崩了",一边享受着那种惊悚的感觉。

"因为有表面张力,所以应该还没有问题吧?"这种心情跟乔瑟夫·乔斯达①没什么两样,但是最近我终于开始看到"极限"了。于是我开始只喝小罐装的咖啡,因为把小的空罐堆到"山顶"上应该比较不会有引起"雪崩"的危险。然而,状况终于再次达到"极限"了——空罐所堆成的"山"已经到了一触即崩的地步。

在一筹莫展的情况下,我只好改喝体积比罐装咖啡更小的营养饮料。我把安赐百乐②之类的小瓶子塞进"罐山"的空隙之中。只要我的手指头稍微发抖,整座"山"就很可能发生崩塌,所以在塞进罐子

---

① 《乔乔的奇妙冒险》第二部的主角。
② 一种提神醒脑的饮料。(译者注)

时,我的注意力之集中,足以与拆除炸弹①的007② 相提并论了。问题在于,如果到了连能塞进"山"的细缝间的空隙都没有了的时候,该怎么办?

---

① 说到炸弹,笔者跟定金还有松原前往土耳其时,在伊斯坦布尔遇到恐怖袭击,发生了巴士炸弹事件。笔者跟定金当天搭船游河,但是松原独自行动,在伊斯坦布尔散步,似乎并不想跟两位男士同行。照她的预定计划,应该是要搭巴士的,不过后来好像打消了念头,只是四处随便逛逛而已。如果她搭上巴士的话,也许就会被卷进恐怖袭击当中而丢掉一条小命。"果真如此,我们就好好笑她吧!"定金伸治说。真是的!

② 此处指英国系列电影中代号为007的特工男主詹姆斯·邦德。(编者注)

12 月 6 日

　　今天从凌晨零时起到早上六点为止,小生都待在漫画店里,跟着海江田舰长一起在汪洋大海中航行。海江田舰长是小生最近在漫画店里认识的同伴。但是今天终于看完了十本的《沉默的舰队》,和海江田舰长一起的航行终于划下休止符了。话又说回来,这场航行还真是让人印象深刻。事实上,小生并没有打算要逗留六个小时,原本计划搭上潜水艇悠游二十分钟就打道回府的,但是看着看着就欲罢不能,最后竟耗了六个小时之久。好不同凡响的SF①! 舰长,这真是一趟美好的航海之旅。

---

　　①　SF,即 Science Fantasy 的缩写,指科学荒诞小说。(译者注)

傍晚一觉醒来,做了一些工作之后,和几个人一起去看电影①。大部分的同行者都是第一次碰面,没谈什么话。小生不是很清楚,不过小生想,应该都是学弟的同学。

斯皮尔伯格导演所拍的电影非常有趣。后来,小生独自一人去漫画店看了四个小时的《上班族金太郎》。这是小生第一次阅读这套漫画,跟金太郎是第一次接触,也就是说,今天是小生第一次"上班"。他的男子气概让小生我潸然泪下。

后来小生决定"回程时去吃个牛肉饭再回家吧",于是深夜三点半开着车,朝着那家店飞奔。当小生把车子停在饭店的停车场时,看到店内有好多看起来很可怕的人,于是小生又离开了停车场,从店后方的路离开,假装自己迷了路,刚刚只是穿过停车场而已。当时小生操控方向盘的技巧之高,简直可以让任何人都佩服得五体投地。结果小生就在没能吃到牛肉饭的情况下回家了。

---

① 记得是《少数派报告》。

12月10日

　　今天小生洗了两次澡。和靠着任意门①来去自如的大雄遇见的概率也提高到两倍多。小生真是危险啊。

----

　　① 《哆啦A梦》中出现的道具，可以前往自己想去的任何一个地方。话又说回来，这一页空白的地方倒还真多，真是浪费纸张，好歹也改用备忘纸。（乙一）

12月12日

　　小生去电影院看了电影。电影院里几乎没有什么人,观众只有小生跟一位带着婴儿前来的妈妈。在电影放映期间,婴儿一直在号哭,有时候连演员说话的声音都会被婴儿的哭声掩盖。小生坐在后面的座位上,看到那个妈妈在前面的座位上努力地哄着婴儿,可是婴儿还是不停地哭,那母亲的焦躁情绪即使在黑暗中也清清楚楚地传达过来。当电影演过一半的时候,婴儿的哭声突然停止了,然而小生听到了婴儿"呜呜呜——"的似乎很痛苦的声音。小生看到那妈妈半站起来,好像用力地握住什么东西一样。之后就再也听不到婴儿的声音,电影院里也回归一片静寂。待电影结束的时候,那对母子仍然坐在原地,并没有站起来。小生虽然有点儿担心,但是因为约定待会儿要跟编辑举行一场关于小火锅的重要会议①,所以小生直接离开电影院,前往约定好要碰面的地方。

---

　　① "让编辑请吃饭"的迂回表达方式。话又说回来,对笔者而言,吃小火锅是一件太过奢侈的事情,总觉得有一天会遭天谴。

12月13日

今天是星期五。

小生买了新的日历,检视哪几个月的第一日刚好是星期天。当月第一日是星期天的那个月的第十三日就一定是星期五。

小生曾经帮角川写了《和杰森先生一起在山上》的短篇故事,完成之后不觉松了一口气。这是真实的故事。原稿内容很梦幻,不过就算小生死了,也请别发表。

小生在便利商店看了《电玩通》,发现《萨尔达传说》的得分①高得让人害怕,小生不禁松了口气。

小生还一直挂念着昨天电影院里的那对母子,便打开电视看新闻。但是并没有任何可能是关于他们的报导。也许是小生想太多了,不禁松了口气。

----

① 给游戏点评的分数。每当有新作品上市时,游戏杂志上总会有玩过该游戏的编辑发表感想,同时为游戏的娱乐性打分数。但也有人认为不靠谱。

　　听说几年前已经关闭的电影院重新开张,上映《北非谍影》。小生没有看过这部电影。小生想在第一时间就跑去看,但是停车场已经没有空位了,只好离去。

　　二十四岁的生日,小生去录影带出租店借了《北非谍影》回来看,结果感到极度的后悔,很懊恼当时为什么没去电影院看大银幕。现在小生仍然不知道原因何在。

　　对了,不久之前,小生曾经写过为那些没有丢弃的空罐子从纸箱里"满溢"出来堆成一座"山"而大伤脑筋的事。

　　今天小生下定决心要把那些空罐子、空瓶子都丢掉。整个下午,小生都在处理这件事。小生要先说清楚,小生所住的地区对于空罐子、空瓶子的丢弃场所是指定好的。抱着这些瓶瓶罐罐前往那个指定地方,花了小生不少时间。

　　首先要声明,小生四天之内没办法回来。

　　公寓的中介业者并没有跟小生说垃圾场有那么远,搬家后知道这件事时小生大吃一惊。基于这一原因,小生跟朋友们打了招呼。小生将瓶瓶罐罐整理后,就要拿去垃圾场丢弃,所以会有一阵子回不了家。小生连门窗都锁上了,将换洗的衣物塞进背包里,选了村上春树老师的小说作为旅途中阅读的书籍。小生想到了目的地那边听听收音机,所以也放了一台小型的索尼牌收音机。另外小生也想听音乐,所以将电脑里面的音乐"烧"到 MP3① 里面,于是柴可夫斯基等人也都被塞进背包中了。就这样,从明天开始,小生将要来一趟丢弃空罐子和空瓶子的旅行,所以没办法写日记了。

(注:写这些日记时,我住在爱知县丰桥市。每当被编辑叫到东京去时,我就会撒这种谎,以说明日记没有更新的原因。但是最后却变成我在东京的漫画店里更新日记。每次我到东京时,都不投宿旅店,总是在漫画店里熬到天亮。因为没有洗澡,我全身散发出难闻的味道。)

---

① Magic Point 的简称。也就是说,所谓的 MP3,就是重复"烧录"播放的意思。

今天顺利地丢掉了垃圾,但是小生并没有马上回家,而是继续旅行。小生顺路去了一趟漫画店,用电脑写了文章。今天晚上,小生在一晚一千两百日元的漫画店内投宿了一晚。今天是星期二,小生想听以爆笑问题为主题的广播节目,但是电波好像遭到阻隔,只听到便携收音机里传来阵阵的杂音。小生只好摸摸鼻子,乖乖写文章。

昨天,在丢垃圾的途中,小生去顺路经过的帝国大饭店参加"手冢、赤冢奖颁奖典礼"。不知道为什么,小生的口袋里竟然有一张招待券,于是便进去一探究竟。

小生忘了丢垃圾的事情,在会场上大快朵颐一番。很偶然的机会下,在公共厕所里遇见了滨崎达也老师①。滨崎老师是小生碰面概率最高的作家之一,于是小生只能找他在这个没有熟人的典礼中当小生闲聊的对象。滨崎老师介绍了榎本先生给我认识。榎本先生就是 JUMP 广播电台②那位非常有名的安诺先生。

---

① JUMP 小说出道的作家,经常在角川的宴会上碰面。对了,笔者跟滨崎老师曾经在 JUMP 小说编辑的带领下去过一间店内有俄罗斯女人的异国风酒吧,结果造成笔者一次严重的精神创伤。

② 漫画杂志《少年 JUMP》周刊的读者投稿网站,读者将有趣的事情写在明信片上寄过去,榎本先生就是那个专栏的编辑(也许?)。听说滨崎老师是寄明信片给该专栏的常客。

若要问滨崎老师为什么会认识榎本先生，那是因为滨崎老师是JUMP 电台专栏的优胜者，是投稿战士，更是吟游奇人。对连 JUMP 电台的喜剧节目都买回来的小生而言，吟游奇人先生是一个大大有名的人物。当初在福冈的乡下一边看着 JUMP 作品一边想着"真是有趣，真是了不起"时，小生从来没有想过有一天竟然能够跟这些人这样聊天。

小生真是感激涕零。

话虽这样说，但是满桌的可口料理比聊天更吸引小生。小生贪婪地大啖蛋糕，吃相就跟饿死鬼一样。如果小生能先把料理放在一边，多跟滨崎老师聊几句就好了。老师，真是对不起了。话又说回来，错乱和尚和龙王不知道现在可好？

隔天，也就是今天，小生在旅行途中偶然路过的角川书店拿到了小生的最新作品《寂寞的频率》的样书。封面很漂亮，内容则差了一大截。对了，小生所写的短篇小说《只有你听到》已制作成了唱片。听说可能会在六月份上市。

旅行的最后一天,小生在路过的涩谷偶然遇见了编辑,我们走进车站附近的餐厅聊天。餐厅位于百货公司的五楼,但是五楼是女性内衣裤的卖场,一路上得走过摆满女性内衣裤的通道才能到达餐厅。连普通的服饰店都会让小生产生"可能会被轰出去"的恐惧感,所以小生一直都对这种店敬而远之。对小生而言,女性的内衣裤卖场简直就是绝对不能靠近的神圣领域。走在通道上,总莫名地有一种自以为犯下重罪的犯人的心情。小生心想,不管是素行不良的少年,或是横行霸道的流氓,甚至是连环杀人犯,走过女性内衣裤卖场时,或许都会产生类似"好想把自己变小"的心态吧!

话又说回来,这家百货公司的构造极其复杂。一共有三栋建筑,互有通道串连在一起,电梯和卫生间零星散布着,根本就搞不清楚自己现在身在何处。

事情就发生在和编辑于餐厅讨论完事情之后。小生想离开百货公司,便和编辑分道扬镳。小生于是一个人朝着百货公司的出口方向前进。百货公司的出入口在一楼,但是小生始终找不到从二楼下到一楼的电梯。小生看到前往其他楼层的电梯,但是无论怎么找,就是找不到前往一楼的电梯。小生找到了楼梯,可是只找到从二楼通往楼上的楼梯,却没有发现连接一楼和二楼的楼梯。电梯也一样,不知道为什么，就是不停在一楼，电梯只往其他楼层去。

小生在百货公司内漫无目标地走着，寻找通往一楼的出路，但是最后只落得在构造复杂的百货公司内来回踱步的下场。小生觉得一楼和二楼之间的通路好像是被堵住了。小生像是被封闭在这个叫作百货公司的巨大盒子里一样。但是看到许多顾客都一脸没事人似的，四处购物，于是小生相信出口一定在某个地方。

时间一分一秒地过去，窗外变得昏暗。小生俯视着涩谷车站前，只见一大群人来来往往地走着。小生想到，只要跟着在百货公司内购物的顾客后面走，应该就可以找到出口，于是便跟在看起来比较像要离开的人后头走着，可是那个顾客并没有走到出口。店员用地图为小生说明出口所在地，但是不知道为什么，小生还是找不到通往一楼的路。

时间越来越晚，顾客也逐渐减少。不久，原本一大群一大群的顾客在不知不觉中几乎都消失无踪了，大家可能都从某个地方下到一楼回家了。但是小生完全不知道他们是什么时候、从哪里下到一楼去的。

顾客和店员完全不见了，百货公司内一片静寂，除了小生之外，没有其他人。小生出声叫人，可是没有反应。百货公司的营业时间似乎结束了，日光灯从角落方向一盏一盏熄灭了。日光灯熄灭的区域沉入一片黑暗之中。

小生觉得很不舒服,朝着仍亮着日光灯的方向逃。天花板上的日光灯好像在追着小生跑似的,相继地熄灭。小生觉得背后好像有黑暗在追着自己跑一样。追着小生的黑暗把小生的脚步声都整个吞噬了。小生一边逃一边打翻商品,但是连商品掉落地面的声音都被黑暗吞噬了。吊挂着衣服的衣架发出"喀啷喀啷"的声音散落一地,然而残余的回音也在被黑暗笼罩的那一瞬间呼地一下消失了。逃着逃着,小生来到了窗边。

　　除了小生头顶上的日光灯之外,整个楼层都是漆黑的。小生看向外头,只见一大群人还是一如往常地在车站前走动。小生猛敲着玻璃,对着外头的人打手势,可是没有人注意到小生的存在,他们一一快步经过。头顶的日光灯熄灭的那一瞬间,一切都变暗了。

12 月 19 日

在百货公司里被黑暗笼罩之后，小生坐在家里的电脑前。小生不知道自己是什么时候、如何回到公寓的；甚至怀疑之前所发生的一切事情都是梦，小生根本就没有去东京，可是小生的包里却塞着在东京投宿漫画店①的收据。

小生不是很清楚自己经历了什么事情，不过还是姑且坐在电脑前工作。小生的工作就是用电脑写一些无聊的文章。

可是，不管小生坐在电脑前耗上多少时间，心中却冒不出一词一字。小生放弃了工作。

小生想出去购物，于是跳上电车。坐在电车上，小生定定地看着自己的手，那放在膝盖上的手因为对将来的不安和执笔写作的沉重压力而微微地颤抖着。

旁边坐着一个很漂亮的人，正在看书。小生以为那个漂亮的人要把书合起来，没想到对方却慢慢地，紧紧地握住小生的手。

小生大惊失色，问道："你干什么？"漂亮的人回答："没什么，因为你在发抖。"

小生心中觉得这个人的脑袋有点儿奇怪。然而从那个人的眼神

---

① 笔者外出旅行时都不投宿旅店，总是睡在漫画店里。

中,小生看出他对自己的所作所为似乎没有一丝丝怀疑,好像认为握住小生颤抖的手是一件理所当然的事。小生的手就这样被那个人握了好一阵子。我们并没有再交谈什么,电车里一片静寂。后来漂亮的人在某个车站下了车。这个人到底是什么人啊?

12 月 20 日

今天当小生打算前往漫画店、去《上班族金太郎》上班的公司时，却发现车子的轮胎爆胎了。

"这样下去，上班会迟到的！"小生感到无比困扰，于是前往住家附近的加油站，找维修工商量。他用魔法般的技术，三两下就将问题解决了。小生在维修工的头部后方看到一道光环。如果小生在十年前遇见他的话，应该会下定决心做一名维修工吧？

　　小生看了一个朋友的日记,发现以下这段文字。小生擅自将文字转载过来。

　　"我想逮住圣诞老人,便在袜子上涂了剧毒。早上一觉醒来,只见爸爸妈妈死在我的枕头边。"

　　说起忘年会,大学的学弟说要煮火锅,于是小生便厚脸皮地去打扰了一下。小生去买了九百克的冷冻蟹当作伴手礼。小生把蟹放在会场的角落里,等着解冻,没想到解冻的蟹汁在大家不注意的时候流了出来,四周都被弄湿了。

　　"蟹汁流出来了! 蟹汁流出来了!"会场里掀起一股小小的骚动。

　　后来,《打砖块》①中的巨石像成了众人讨论的话题,但是详细的内容小生记不得了,小生根本全忘了。在忘年会进行得最热烈的时候,小生应该想到一些用来写小说的题材,然而小生在不知不觉中忘得一干二净。忘年会结束之后,小生应该回家去工作,可是小生竟然把这件事也给忘了,一头钻进朋友家中。小生一边看别人玩游戏,一边用朋友的电脑写下这篇日记,真不知道这样妥当不妥当。小生真的忘记了许多重要的事情。不愧是"忘年会"。

---

　　① *Arkanoid*,一种打砖块的电脑游戏。

12月23日

　　我去看了电影。本来应该是要看《黄昏清兵卫》的,可是也不知道为什么,竟然看了《哈利波特》和《纽约大逃亡》,这两部片子都很有趣。

　　我还没有写贺年片。怎么办呢? 现在开始写还来得及吗?①

———————————

　　① 结果没写。这些年来,我没有给任何人写任何贺年片。

年轻人大概都不晓得吧？历史教科书上也没有记载。

第二次世界大战期间，在日本国内，圣诞节是非常可怕的日子。一到晚上，警报声就同时响起，大人们大叫："圣诞老人来了！把袜子藏起来！"孩子们很害怕，依照大人的吩咐，把家里的袜子都集中起来缠在腹部，藏进棉被，躲避圣诞老人。可是一到早上，缠在腹部的袜子里不知什么时候都被塞进了礼物。纸门没有打开过的迹象，也没有感觉到有手伸进棉被里，然而礼物就在不知不觉中被放进了袜子里。不管袜子被藏在什么地方，即便是埋在地下，还是一样会有礼物放进去。

先别谈这过往的历史了，来说说平安夜的事情。小生一如往常，早上满脸胡碴地去便利商店买啤酒，喝完之后又倒头睡。醒来时已经是下午三点了。做了一点儿工作之后，玩玩 PS，然后去拉面店吃了拉面，去蛋糕店买了两千五百日元的圆形蛋糕。用叉子一边切开圣诞节的圆形蛋糕一边独自享用，这是每年的惯例。

小生总是在日记上写些莫名其妙的事情，所以有人也许会认为这篇日记也是小生乱掰的。如果被人这样想，小生会生气的。关于蛋糕的事情，是不折不扣的事实。

（注：后来，小生根据这一天所掰的日记内容制作了绘本。）

12 月 25 日

今天收到许多邮件。亲戚寄来的信中,有一封是目前还是考生身份的堂妹写的,上头写着:"MAX(尽最大的)努力!"另外还收到了名为《少年 S》的漫画杂志,上头刊载了名为 *GOTH*① 的漫画,关于尸体的描写非常古怪荒诞。我心想,真不想跟写这种故事的家伙②做朋友。然后我将家里的袜子都找出来检查了一下,但是每只袜子里都是空的。

---

① 乙一所著小说,中译本为《GOTH 断掌事件》。(编者注)
② 笔者指的并不是负责画插图的大岩雄老师。

　　我想写些贺年卡,便去买贺年卡。附近的便利商店里已经卖完了,我只好跑到远一点的便利商店去买。可是那家远一点便利商店也卖完了,所以只好到邮局去。据邮局的工作人员说,市内的贺年卡都卖光了。我打电话回老家,听说老家附近的香烟店(也贩卖明信片和邮票)好像还剩下一些贺年卡。

　　于是为了尽快买到贺年卡,我打算明天中午搭飞机回老家一趟。将会有一阵子没办法更新日记。

1月9日

今年仅剩三百五十五天左右了吧?

我从老家那边回来了。老家在很遥远的地方,要回到那边就得搭乘车子、电车、飞机、巴士、热气球、伙计2000①、男子柔道选手的背部等所有能搭乘的工具。虽然费尽千辛万苦地抵达了,但是贺年卡还是卖完了。

难得回老家的姐姐说:"你写的捏造日记很好玩。"真是太失礼的说法了,哪里是捏造的嘛!

我第一次看到姐姐生下的宝宝,相当于我的外甥女,出生才四十天左右。我一直觉得婴儿是一种会发出尖锐哭叫声的东西,那种声音就像夏天工地上的噪音一样让人感到郁闷。但是近距离一看,没想到婴儿的哭声那么可爱,真是匪夷所思。因为她实在太可爱了,我有点儿想把自己的财产都让这个外甥女来继承。

回老家之后,我想看看羽生生纯老师②所画的漫画《瓦格兰纳》,可是在橱柜里没找到。到底是谁偷走了我的《瓦格兰纳》? 所以我正在考虑去买新的回来。

---

① 美国电视连续剧《海滩游侠》中出现的车子,黑色,会说话。
② 笔者喜欢的漫画家,于月刊《漫画光线》(*comic beam*)中连载,笔者每个月都会看《漫画光线》。大家也不妨看看吧! 加油,光线!

我之前搜集的漫画全部都塞在橱柜里保存着,但是橱柜里的混乱状况很吓人,大概可以用"堆积如山"来形容吧?堆成了一叠又一叠,一层又一层。放进橱柜里的书要找出来实在是难如登天。手在层层堆叠的书山中翻找,想找到想看的书,但是找到的尽是一些不想再看的。放在显眼地方的漫画,只要关上橱柜的门一分钟左右,就会在不知不觉中像烟雾一般消失无踪。小时候有好朋友到家里来玩,一看到放在橱柜里的大量漫画,脸上顿时绽放出光采,说道:

"我可以看放在后头的漫画吗?"

他说完便潜入橱柜的后头,再后头。我稍一不注意的当儿,竟然连他的身影都消失得无影无踪了。结果后来他被人发现赤裸着身体昏倒在后山的茂密树林中。现在想起来真是一段美好的回忆。

因为前几天发生了让我紧张、惶惶不安的事情,所以我期许自己今年不要再如此惊恐了。另外,我也期许自己不要使用叙述性诡计①。

---

① 让人误以为是男人事实上是女人之类,其实可以不使用却在不知不觉中使用的表现手法。笔者今年靠版税过活,沉溺于游乐之中,所以没做什么工作。拜此之赐,我得以守住这个期许。这样过日子好吗?

1月10日

我想买一台电视机,到柜台拿出信用卡想刷卡,没想到信用额度已经透支,没办法使用了。大概是因为买了DVD软件、MD①盒、游艇以及男子柔道选手的背部之类的东西才落得如此下场吧?刷卡时,因为皮夹里面的钞票没有减少,所以总觉得好像是免费拿到商品一样,简直就像魔术。我想今后我还是会大量、不断地使用信用卡。

关于婴儿。如果将大量的婴儿空降到战场上,士兵们会不会因为忙着哄婴儿而停止战斗,战争也就因此结束了呢?

---

① MD,迷你磁光盘,英文名Mini Disc,索尼公司于1992年批量生产的一种音乐存储器,也称便携式MD机,因其外型小巧时尚,本世纪初曾风靡一时。(编者注)

1月11日

没什么好写时，就什么都写不出来。我煮了白菜和朴蕈①。晚餐只花了一百五十日元。

---

① 这阵子笔者总是自己煮饭。现在每天吃豆馅糯米饼维生，有着香脆外皮的豆馅糯米饼非常好吃。

1月12日

我购买的电视机送来了,其太过雄伟骇人的外型让我大吃一惊。不禁要问电视机:高中时代是不是参加过格斗竞技? 我觉得整个人好像都能被塞进画面中。

我跟朋友去吃回转寿司,用手抓了许多不能写在日记上的东西。看到朋友毫不犹豫地拿下一盘三百五十日元的鲔鱼生鱼片,我心想,这家伙一定是哪个地方的贵族出身。

下下个星期,朋友可能要带我去玩船形雪橇①。玩那种时髦的玩意儿不会挨骂吗?像我这种人,可以把脚搁到那么时髦漂亮的雪橇上吗?因为那块板子的色彩是如此鲜艳亮丽,好像不踩为妙。

----

① 一种坐在板子上从雪地斜坡上滑下来的游戏。笔者自以为是地抱着某种时髦亮丽的想象,因此产生极大的抗拒心理,因为笔者是一个跟时髦亮丽绝缘的人。

1月14日

　　高画质电视真不简单,看起来就像活动的照片一样。如果再逼真一点儿的话,感觉好像整个人会跑进画面当中。刚睡醒之后处于朦胧状态时,一不小心可能就真的会一头栽进去。

　　现在,电视里正在播放外国人吃蚂蚁,那个外国人手臂上的毛一根根清晰可见。我的眼睛始终盯住外国人的手毛,哪管蚂蚁或大自然什么的。

我跟角川书店的编辑见了面，提到在高画质电视上看到手毛的事情，还有自己不务正业的生活。结果我听到编辑提到这种事——

某天，有一通这样的电话打到角川书店的《帆布鞋》①（*The Sneaker*）杂志编辑部。

"能不能请你们退还我儿子参加'帆布鞋'大奖的投稿小说？"

所谓的"帆布鞋"大奖，是轻小说系列②的比赛。电话那头是一名女性，似乎是特地打电话来恳求编辑部无论如何都得把她儿子应征的稿件退回去。接电话的编辑回答道"这是不行的"，并说明参赛项目中明列有"参赛稿件不能退还"的条件。

"可是无论如何，我都希望拿回稿子。"

做母亲的哭了起来，不肯轻言放弃。

"我儿子死了。我想知道我儿子生前写了些什么东西。"

《帆布鞋》的编辑找到了她儿子应征的信封，将它寄了回去。

听说这是事实。

顺便告诉各位，那个人的儿子才二十三岁。

---

① 角川书店于 1993 年创刊的文艺杂志。（编者注）

② 正经的读书人不会列入考虑类型的书。对写轻小说成长的笔者而言，在轻小说杂志工作一点儿都没有奇怪的感觉。但是时而会有人说"你的小说比轻小说更有深度，更具文学性"。这种人让笔者感到生气，但是因为笔者已经是个大人了，只好笑着敷衍过去。

1月16日

不知道为什么,我家附近住了很多外国人,我想可能是巴西人。每次在播放着《鱼天国》①音乐的超市内看到外国人提着购物篮四处闲晃时,我都感到有点儿不可思议。

天还没亮时出去慢跑成了我白天的功课。可是在这段时间里,总有几名外国女性站在公寓前,好像是在等待把她们载到某个工作职场去的交通工具。不过我不是很清楚她们在什么地方上班。

这几天,我在慢跑时发现一件事。晒在某栋公寓一楼窗口的衣物一直晾挂在那里没收进去,毛巾和孩童的小衬衫不分白天晚上都挂在那边。我确定那间房子里住的是外国人。我利用晚上的时间,鼓起勇气走进公寓的楼下,来到那些衣物的旁边。凑近一看,那些衣物的表面沾满了灰尘,而且衣物已经干燥得变硬了,好像从去年年底就一直晾在那边。

我想起来了,今年我都还没有跟房子的主人在超市里擦身而过。我从窗外窥探着室内,但是没有人在家,只留下一些家具,咖啡杯等餐具也都摆在桌上。

_____

① 鱼店或超市卖鱼的宣传歌,本是非卖品,后来在网络盛传,广受家庭主妇和儿童的喜爱。(译者注)

一位认识的作家送给我一本《切换》杂志①。那是一本非常漂亮的杂志。事实上里面只登了一点点关于我的事情。像我这样的名字登在这么漂亮的杂志上是恰当的做法吗？像我这样的名字登在擤过鼻涕的卫生纸上才是最适合不过的。

---

①　杂志原名为 *Switch*，一本电影文化杂志。（编者注）

1月18日

电视播放了《冷血悍将》(*Ronin*)，我又看了一次。我在电影院里看过，也借了 DVD 看过，WOWOW 台①播放时也会看。大概看了十次左右。我实在太喜欢了。我想，等外甥女过一岁生日时，我就买《冷血悍将》的 DVD 送她，把她培养成德·尼罗迷。

下个星期好像要播放《黑暗城市》。我也很喜欢这部电影。和朋友看过这部影片之后，就经常玩 Tune 游戏②。

前几天我重新看了《镜子》(*The Mirror*)和《牺牲》(*The Sacrifice*)。感觉果然还是很有意思。心中有些恐惧。塔科夫斯基(Andrei Tarkovsky，苏联导演)这个人是不是神啊？

我前往有很多地方值得探讨的回转寿司店。我想探究很多事情，但是最后还是默默地吃着东西。好可口。

我产生了想远离铅字的职业倦怠症，觉得写邮件或日记都是一件麻烦事。

电视机的影像好像扭曲了，画面的上半部凹陷了进去。我觉得很不可思议，仔细检查了一下，发现踩到了天线。等我把脚移开之后，画面又恢复了正常。

---

① 日本收费电视频道。(编者注)

② 在《黑暗城市》(*Dark City*)中，把具有超一般能力的力量称为"Tune"。现在已经不记得那是什么样的游戏了，我想应该是一种跟路边的狗粪差不多无趣的游戏。

我向松原真琴老师借了 PS 游戏软件《黑暗探险队》来玩。这是一种搜集像厕所里的花子般的恐怖传闻并加以解决的冒险游戏。气氛很恐怖,玩游戏时,我还几度回头看自己背后。尤其是戴着耳机玩时,总觉得背后有少女的笑声,真是可怕的游戏。很不可思议的一件事情是,当我关掉电源,停止游戏之后,时而还会听到背后有少女的笑声。

对了,我做过很可怕的梦,大概是受到游戏的影响。梦境的内容是孩子一边尖叫一边不断地从左边往右边走过去。虽然只是这样而已,感觉却很可怕。

我听到有人说《冷血悍将》①并不是那么好看。某电影网站对这部片子的评分也在普通水平之下。为什么?

---

① 弗兰肯海默(John Frankenheimer)导演的作品。笔者实在太喜欢这部片子了。

1月20日

　　我突然很想看《电脑战警》,这是一个颇具传统特技英雄味道的电视节目。我完全想不起小时候曾看过特殊战队或英雄的事情,现在也提不起想看的念头,可是不知道为什么,我就是想看《电脑战警》。也许是合成的效果深深地烙印在孩子的心头吧?

　　今天是某个奖项①最后审查的日子。因为我所写的书被列入该奖项的最后决选行列,所以我万万不能置身事外。白天,我用耳挖子的毛轻轻地拭去了沾附在电视机表面的灰尘,却来了一通电话,通知我:我所写的书并没有得奖。如果能得奖又领到奖金的话,我就可以尽情地购买用来擦拭电视屏幕表面的干净清洁布了,所以心中难免有些遗憾。

　　晚上得工作,但是我又必须用擦拭眼镜的布料将沾满灰尘的电视机屏幕表面擦干净,结果还是没能好好工作。

---

　　① 推理作家协会奖。光是被提名,笔者就觉得实在太浪费了。

52

1月21日

前几天写好的短篇小说好像逃过了被歼灭①的命运。我松了一口气,整个人瘫倒在电脑前面。对自己仍存活着这件事感到很不可思议。然后又一如往常,擦着电视机的屏幕度过一天。

---

① 当完成的小说太过无趣时,原稿就会经由编辑之手,被丢进裁书机当中加以销毁,避免被读者看到。出道之后,笔者被如此歼灭的作品多不胜数。

1月23日

工作上使用的电子邮件地址作了改变,所以这几天,我会向阅读日记的相关人士告知我的新邮件地址。

不久前和朋友通电话时,他说"我虽然加入了雅虎宽带电话(Yahoo BB),但是并不想用他们的电子邮件地址"。

"是这样的,当我登录雅虎时,一不小心用了连说出口都觉得羞耻的计算机名来登录了。计算机名这种东西是不能变更的。那个让人难为情的计算机名就直接成了邮件的地址,所以我在发送邮件时就不能用雅虎的地址了。"

我想,一定有无数基于同样的理由而没有被使用的地址被保存在雅虎的系统内吧?如果能够想办法把这些没有被使用的、被浪费的资源转化为能源的话,就算石油枯竭了,人类应该也可以撑一阵子吧?

以高画质高分辨率播放的《四月物语》①真是太棒了。之前看DVD时觉得模糊不清的部分现在清晰地呈现在画面上,连主演松隆子小姐翘起来的一根头发都看得到,她的头发被风一吹而抖动的样子清晰可见,就好像真的可以伸手去触摸一样。

---

① 笔者非常喜欢的一部日本电影,由岩井俊二导演。

看完片子之后,我仔细地打量电视机下方,发现掉了一根不是我头发的长毛发。我的头发很短,朋友当中也没有人是长头发的。我一直在想,这根长头发是从哪里飞进室内来的吗?

对了,《四月物语》中松隆子小姐的头发也很长。不会吧?我心中满是狐疑,不禁回头看着电视。

1月25日

申报所得税①的日期近了。

冷气发出令人不悦的声音。冷气是否也可以申报为一种开销？装置在当成办公室的家中房间里应该没问题吧？

隐形眼镜可以报税吗？我悄悄添置的垃圾处理机乍看之下跟工作好像没什么关系，事实上，不必为厨余垃圾伤脑筋的时间是可以转换为工作时间的。如果我把商品的品牌名称写在这本日记上，会不会被算作打广告？

不久前，我在日记上写着，朋友要带我去滑雪橇。明天就是这个重要的日子了。我预计会在雪山遇难，所以有一阵子没办法更新日记了。

---

① 一到这个时期，许多作家都会变得很忧郁，这是很妨碍工作的大事件。

早上六点三十分,搭K前辈的车前往雪山。御寒衣物、鞋子和有滑雪板都是跟K前辈借的。我没有滑过雪,也没玩过雪橇,所以一切的一切都让我感到很稀奇。光是堆雪就是一件很有趣的事情,看起来就好像在风景上撒上砂糖一样。也许就是这个缘故吧,我的肚子经常在叫。

一穿上雪靴,脚踝就没办法弯曲,觉得自己好像变成了机动战士①。我想起前几天在角川书店的庆祝会上,有人激动地辩论道:"机动战士最厉害的就是他的腿肚子!"我想,机动战士的腿肚子确实很厉害。

这是我第一次玩船形雪橇,但是我好像有特殊的才能:没有人教我,却从一开始就滑得很顺利。中午过后,我就像一只飞越练习场的燕子一样厉害——完全没有这回事。跌倒时看到的蓝空非常美丽,雪地的表面是那么地洁白,我怀疑这是高画质高分辨率电视机上的画面。我之所以经常跌倒,当然不是因为平衡感不佳,只是为了好整以暇地欣赏景色罢了。

---

① 出现在《钢弹》中的大型人偶,很不简单。笔者没看过《钢弹》,所以不是很清楚。小时候做过很多那个不简单人物的塑胶模型。

咖喱猪排好好吃。后来我从编辑①寄来的邮件中知道,在滑雪场吃咖喱猪排比在全世界任何一个地方吃都要来得高级。

脚很酸,我很快就举白旗投降了。我们发动车子,打算去泡温泉。可是因为忘了关掉车灯,电瓶的电已经耗光,车子一动也不动。啊,事情不妙,回不了家啦。我心里这样想。但是这个意外事件也很快就解决了,并没有有趣到足以作为日记的主题。

温泉好温暖。我不理会开着车的 K 前辈,坐在副驾驶座上畅饮啤酒。听说 K 前辈下次想学胡琴。

---

① 说这些话的是角川书店的责任编辑青山小姐,她最近好像在组建棒球社。

前几天,在角川书店的庆祝会上见到许多人,拿了许多名片。然而昨天晚上我却发现那些名片都不见了,当中也有安倍吉俊老师①给我的彩色名片,真是让我备受打击。本来打算把那张名片拿去跟朋友献宝,至少也要让他们羡慕我半年左右,现在却根本没有办法实现了。我跟安倍老师是第二次见面,第一次有谈话的机会,可是当时我们老是谈伊集院光广播节目的内容。安倍老师的 ipod(苹果音乐播放器)里好像储存了那个广播节目的大量录音,我好羡慕哦。

---

① 在描绘带点儿忧郁气息的女孩子方面有特殊手法的插画家,鲜有碰面的机会,一旦碰面,却老是谈伊集院光的广播节目。

2月6日

　　小生定制了挡光窗帘①,四片竟然要两万五千日元。可能一个星期之后,商品才会送达。

　　睡觉时梦到了奶奶。梦中,小生跟奶奶两个人一起吃小火锅,可是奶奶竟然抢了小生的肉吃。小生大发雷霆,责怪奶奶,于是她便露出悲哀的表情。从睡梦中惊醒之后,小生陷入自我厌恶的情绪当中。

---

　　①　比普通窗帘挡光效果更好的窗帘。

60

2月7日

　　中午接到了松原真琴小姐寄来的包裹。之前她曾经说过"7-11便利店贩卖的'鬼怒(kinurea)'起司蛋糕好好吃哦,一定要试试",可是我所住附近的7-11便利店都找不到这种蛋糕,前几天前往东京时也没机会吃到。于是她便特地请快递送来传说中的"鬼怒蛋糕"给我,盒子里面竟然放了五个蛋糕。真是感激不尽。

　　试吃了一口之后发现,实在太美味了,舌头上宛如呈现另一个截然不同的世界。至于要说这另一个世界是什么样的世界,那就像是在没有战争的情况下,海蒂①和山羊永远在一起快乐嬉戏的世界。

---

①　卡通动画《阿尔卑斯少女海蒂》的主角。片中"克拉拉站起来了!"这句台词在日本家喻户晓。

2 月 8 日

　　我去了一趟电器行。里面也卖按摩用具，每一种商品上都有写着促销文案的招牌。那些促销文案有："终极的按摩方式""足以与专业人士匹敌的按摩方式"，等等，真是妙不可言。

去年年底,我到朋友家中吃火锅,当时到场的都是中学时代的朋友。其中一个朋友说:"2002 年,我最热衷的是《灌篮高手》①。"他去年终于看了那一系列的漫画,一头栽进去了。

我说:"真是好巧啊,我预计《灌篮高手》将会成为我在 2003 年热衷的读物。"我经常想看看《灌篮高手》究竟有何魅力,可是也不知道为什么,始终没看。我的生活方式很特殊,在没有阅读《灌篮高手》的情况下,倒是阅读了《深夜的弥次喜多先生》和《瓦格兰纳》。

而现在,我终于开始看《灌篮高手》了。如果今天晚上,桌上出现了蓝色的机器猫,给了我一个秘密的道具,让我回到少年时代,把之前的人生都变成一场噩梦的话,我想我会率先向篮球社提出申请书。

有电子邮件进来了。

在收到邮件的同时,诺顿老师②的防毒软件同时启动,出现了一些正经八百的讯息。我打开邮件一看,里面出现了许多奇怪的英文字。我不明所以,姑且将信转寄给朋友。

---

① 关于篮球的漫画,曾经引发轰动,但是笔者憎恨篮球等带点儿髦色彩的运动,所以在此之前都还没有看过。

② 使用电脑的人大为仰仗的、了不起的老师。

2月12日

　　我因为想买录放影机而去电器行,回家时却不知道为何手上竟然抱着扬声器①。我本来已经有一台扬声器了,为什么还要再买一个呢？ 我是怎么搞的(我想是因为看到数码录放影机或 DVD 录影机动辄十万或十五万日元的价位,于是觉得四万日元的扬声器比较经济)?

　　不过这次买的扬声器真不是盖的,和朋友麻吉所拥有的扬声器几乎一样庞大。麻吉是我大学时代的学弟,听说他的身体是由对日本火腿队(日本职业棒球队)、山本正之(作曲家)和押井守的高度爱意所堆砌而成的。

　　他对音响方面的机器非常有概念。家里的扬声器体积很大,每次去他家玩,总是被他家扬声器的雄伟体形震撼。而现在,我也拥有了在体形和重量方面与他家的相匹敌的扬声器。我觉得以后就算拿扬声器当武器互殴,我也不会输了。

　　我将扬声器连上,听音乐。不知不觉中,天色已黑。就这样,购买录放影机的计划又被延后了。

---

　　①　将小小的声音放大的魔术盒。

我出门想去看电影,走到一半觉得麻烦,吃完饭便又打道回府了。

放大看蝙蝠侠①的脸时,他罩在面具下的眼睛四周是黑漆漆的。我常想,等他脱掉面具,会不会变得像熊猫一样?一直想着蝙蝠侠的事情,想着想着,太阳西落,天色已黑。我想,明天要想一些蝙蝠侠以外的事情。

———————————

① 笔者小时候心目中的英雄,当时的版本是蒂姆·波顿导演的。月黑风高的夜晚,蝙蝠侠在街上活动,并将坏人一个一个杀死。

2月14日

妈妈寄了巧克力给我。开始在网络上写日记的一个好处是,就算没有联络,妈妈也不用担心:这个儿子是不是死了?

我去拿定制的挡光窗帘,可是挡光窗帘这种东西好重,搬得我筋疲力尽。我怀疑窗帘的轨道是不是松脱了,因为一直都安装不上去。

某位编辑送来巧克力。盒子很漂亮,我舍不得丢,打算拿来当珠宝盒什么的。但是我并没有什么宝石,于是将搜集来的"剪下的指甲"放进去。

插画家羽住都老师①的宠物企鹅送来了邮件,邮件里问我是不是饿死了?我将那只企鹅洗了一百遍。这是事实,花了我十五分钟以上。洗这么多遍是我个人的最高纪录(接下来是与一种叫"邮件宠物"的邮件软件相关的记述,详情省略)。

---

① 曾经多次合作的插画家,就快出个人画集了。出了吗?画风非常时尚,广受好评。某位编辑好像认为笔者正跟她在交往。事实上不要说交往了,每次面对她,笔者总是战战兢兢、毕恭毕敬的。在她周围散发的高压让笔者感到害怕。因为笔者的性格像水蛭一样阴郁,只要一靠近明亮活泼的东西,身体就会整个溶解。

因为宿醉,全身慵懒。还在赖床的时候,A 来家里玩。A 是我大学时代的朋友,现在仍是偶尔会一起出去玩的同伴。难得他来一趟,我便让他试着帮我将买回来的挡光窗帘装上去。一装上挡光窗帘,屋子里突然整个变暗了,就好像晚上一样。整个视野化为一片漆黑,我几度被 PS 代或暖桌、电脑等绊倒。

我知道黑漆漆的什么都做不成,便将挡光窗帘拉开,于是屋内又恢复了往常的明亮。不知什么时候紧握住我的皮夹朝着玄关方向走去的 A 一脸难为情的表情,乖乖地回来了。

我们开始聊起"挡光窗帘真是个好东西"之类的话题。我觉得很好玩,便又将房间整个弄黑。因为什么都看不到,我又被在雅虎拍卖网站购买的空棘鱼标本和吉之岛(Jusco)的购物篮等绊倒了。

我拉开窗帘,将屋内恢复明亮,这时拿着我的存折企图逃跑的 A 又一脸难为情的样子,乖乖地回来了。

之后,我们一起看了《追击赤色十月》①,内容很精彩。

---

① 国外的影片,我记得 NHK 电视台播放过。

2月17日

　　我跟大学时代在同一间研究室修课的同学安井一起去中餐厅吃饭。因为曾在同一间研究室,所以承蒙他多次协助。提到我大学时代的朋友,大概只剩搬去枋木县的 N 和安井了。安井好像快毕业了。在中餐厅里,他后头坐着一个剃着光头的男人。我突然想到,要不要像那个男人一样剃个光头看看?

　　和安井分手之后,我前往理发店,要求将所有的头发都剃掉。距离突发奇想也不过一个小时左右,我的头发便只剩下五厘米长。在理发店里,三个理发师各有各的问题:"你还真是有勇气啊!""你常做这种事吗?""脖子后头又粗又皱的,你就是因为这样才决定出家做和尚吗?"

剃了光头之后,觉得风吹起来格外地凉爽。前几天刚买了润丝洗发精,但是五厘米的头发好像不太需要了。洗完头擦干的时间缩短到一百二十秒,所以之前的规律生活都得跟着调整到一百二十秒之内。

现在也不再需要用吹风机吹头发,于是之前用来吹头发的时间就拿来洗餐具、写东西或者去漫画店。

去常去的便利商店变成一件很难为情的事情。虽然没有聊过天,但是熟悉我的长相、和我保持着微妙距离的店员们看到我的头,果然都不发一语。如果他们有任何反应,我就会觉得不知所措,而且我也不希望他们在扫描盒装鸡蛋的条码时开玩笑地说:"咦?这位是您的兄弟吗?"不过话说回来,即使这样,心中也难免有些许落寞感。

2月19日

　　我没能及时丢弃不可燃垃圾。距离下星期收取不可燃垃圾的日子还有一个星期，一想到还得跟那些可恨的垃圾袋共度那么长的时间，就觉得自己值得同情。但是又担心自己跟它们共度过一段时间之后心中涌起爱怜之意憎恨的心情渐渐地消失本来觉得是缺点的麻烦和臭味变得让我割舍不下最后在收取不可燃垃圾的那一天跟它们分手时之前一起共度的日子宛如回忆一样在心头复苏而忍不住哭出来，不禁又觉得真是不能错过丢垃圾的时间。

在车上时想到了两个以时间科学荒诞小说为主题的点子。

其一是在未来的年代里,电脑叛乱,爆发了核战争,引发了电脑与人类的战争。然而电脑士兵是打不死的,所以搭乘时光机器回到过去,将厉害而冷酷的杀手带到未来。

第二种是女主角爱上了从未来搭乘车形时光机器、喜欢冰上曲棍球的男高中生,但是之后他想要回到未来。女主角为了阻止他离开,想办法破坏车形时光机器。但是要破坏该机器需要雷一般巨大的电流,然后点点点(⋯⋯)的故事。

听说东京的年轻人中间非常流行说"不可能"这句话。于是回到家之后,我也练习了一个小时之久,只为了说"不可能"。结果并不是很好。我想我已经不年轻了。

2月22日

不管什么时候睁开眼睛,外头都是一片黑暗,所以我一直睡。心中一边想着到底什么时候才会天亮,一边睡了又睡。后来才猛然惊觉:室内之所以这么黑暗,是因为挡光窗帘的关系。

房间的窗户高度超过两公尺,所以挡光窗帘非常高大。有时候看起来就像张开双臂呼唤雷电的甘道夫①一样。不对,应该说比电影中的甘道夫更甘道夫。

A到我这边来玩时,我仍在睡觉。所以他问我:"你到底要睡到什么时候? 可以不用工作吗?"

"不是,是着了甘道夫的道。"

我这样为自己辩解,结果只换来他一脸的愕然。

《魔戒2:双塔奇兵》好像从今天开始公映。

---

① 出现在《魔戒》中的老魔法师。

2 月 23 日

一整天过着与甘道夫隔绝的生活。

住在横滨或哪个地方的 T 先生寄来一封短信,上头写着"Kahimi(涩谷系女王)的专辑太棒了"。

我去漫画店看篮球赛①。控制了篮板球就等于控制了整场球赛。

---

① 意思是去漫画店看《灌篮高手》。

2月28日

　　昨天我玩了《SPA!》杂志的编辑给我的叽叽喳布①机，那是一种一按下按钮马达就会转动、安装在前端的叽叽喳布也会跟着开始旋转的机器。把叽叽喳布含在口中按下按钮时，就可以在不活动舌头的状况下舔上头的麦芽糖，而且安装在把手处像矮胖子一样圆滚滚的人物就会在麦芽糖旋转时同时活动。真是一个讨人喜欢的机器。

　　以前舔叽叽喳布时，常常因为要转动舌头而疲累不堪，对工作造成了妨碍。今后就不需要再这么辛苦了。

---

　　①　一种棒子前端有球状麦芽糖的糖果，舔麦芽糖时发出的声音是不是就是这种糖果名称的由来就不得而知了。

74

3月3日

我去了滑雪练习场。现在,我滑雪橇的技术已经不输一般人了。中途开始下起雨来,于是我便一个人在几乎空无一人、湿漉漉的练习场里滑雪。真好玩!

前几天去东京时,拿到了某出版社转交给我的、寄到该出版社的读者来信。这次的读者大奖,我决定颁给那个不但遭到交往的男朋友背叛还发现他有老婆因此备受打击而放纵自己甚至想去死但是最后还是打消念头一边听蓝调音乐一边吃冰淇淋吃到快死而重新振作起来的十三岁女孩①。

----

① 我真的收到这种信。

3 月 4 日

滑雪橇造成的肌肉酸痛让我根本没办法活动。

我去出租店借了小岛麻由美小姐的唱片。

《最终幻想战略版冒险》听起来好像挺有意思的。以前玩《最终幻想战略版》的时候，玩的时间曾经超过两百个小时。这真的是一个很有趣的游戏。

3月5日

今天仍然继续做"明明不是做这种事情的时候"的练习。今天做这种练习的时候比往常更狂热。随后我来了一次好久不曾做过的"明明只是小睡一会儿"的练习。本来只想睡上九十分钟,一个不小心,竟然睡了八小时之久。自己也觉得练习"明明只是小睡一会儿"的功力越来越厉害了。

3月8日

NHK-BS（日本NHK电视台电影频道）在深夜播放塔科夫斯基①的《乡愁》(*Nostalgia*)。我已经看过几次了，其实不看也无所谓，但是听说电视上要播放，就不禁想看看来作为纪念。可是就在影片播放之前，不知道为什么好想睡觉，结果就睡着了，还是没看到。本来这部片子就是会让人想睡觉的影片。以我个人的情况而言，《镜子》让我的脑内产生奇怪的脑汁，让我睡不着。《乡愁》是像水声一样，让人觉得好舒服而昏昏欲睡，可是怎么会离谱到观赏之前就开始想睡觉？这简直是有点儿异常的催眠力量了。不愧是塔科夫斯基！

《乡愁》之后播放的是《牺牲》的拍摄花絮。我虽然事先就知道最后一幕拍摄失败的插曲，但还是觉得错过了好可惜。

---

① 笔者很喜欢的电影导演。话又说回来，笔者竟然脸不红气不喘地为已经在前面的日记中出现的单字下了注脚。塔科夫斯基(Tarkovsky)这个单字应该已经在第50页出现过了。至于为什么没在那一页加上注脚，那是因为东京的出版社有规定，每一页只能有一个注脚。因此，在第50页中只为"Tune游戏"这个脑袋秀逗的单字加了注脚。总之，本书的作派就是为不是第一次出现的单字加注脚，请各位读者原谅。

78

3 月 11 日

我在甜甜圈店里点了一杯咖啡,有一搭没一搭地拟定今后的作战策略。所谓的作战策略,就是与小说或唱片、戏剧相关演出等有关的作战方法。喝下黑咖啡并没有让我想到什么好策略,于是我试着加了一汤匙的糖,果真想到了不错的点子。我心想,也许甜味能够活化一个人的大脑,于是又加了一汤匙的砂糖。结果想到了更好的点子。如果加入更多糖会更好吗? 我这样想着,便加入了第三匙的砂糖,顿时好点子在大脑里面熠熠生辉。老实说,我自己都感到害怕了。

我心想,如果把砂糖罐里的砂糖全部都倒进咖啡里,应该会想出惊世骇俗的点子吧? 于是便真的付诸实施了。当砂糖哗啦哗啦地倒进杯子里的那一瞬间,我有茅塞顿开的感觉。然而杯子却因为砂糖的重量而倒了,咖啡全都流了出来。完了! 就在这么一瞬间,刚刚想到的点子全部都忘光了! 记下刚刚那些点子的创作笔记本也被咖啡弄脏,根本不能看了。

3月14日

我不知道"邮政定额小额汇兑"（日文汉字写为"邮便定额小为替"）中的"小为替"该怎么念才是对的，便问邮局的人。这才知道应该念成"kogawase"。

听到"kogawase"，我想起了"umiharakawase"，用汉字写出来就是《海腹川背》，这是以前发行的动作游戏。游戏的方式是一边挂上鱼钩一边前进，不容易玩，而且不知道用意何在。可是因为挺有趣的，我竟然买到第二集。

3 月 15 日

　　我终于知道,我认识的作家 Y 先生是全世界曾经和《加油醋饭疑案》①的作者施川汤雨期老师会谈的唯一一人。

----

　　① 于《周刊少年冠军》中连载的四格漫画,很不可思议的尝试。

3月18日—21日

十八日的傍晚,我前往名古屋,再从那边搭乘九个小时的巴士。这是我单独一人参加滑雪合宿活动的开始。在巴士上,坐在后头的两个女孩子玩起了名人人名接龙游戏,我一直在脑子里参与她们的游戏。

十九日的早上,抵达长野县的饭店,从早上就开始滑雪。滑雪场中弥漫着危险的气息,我可以感受到雪山心中的意念——只要滑雪的游客跌倒,就立刻格杀勿论!树干上缠着黄色的软垫,避免游客撞上树干时受到重伤,可是有几棵树下已经供着花束①。租来的船形雪橇上也沾有血迹,练习场的各个地方都可以看到飞溅的红色血水。

我想起来了,刚刚在停车场还跟一些穿着丧服号哭的人擦身而过。餐厅变成了宛如临时搭建起来的野战医院,也看到几名女性握着即将断气的爱人的手。在升降机搭乘处排队的人都面露如临大敌或参加葬礼似的表情,好像滑雪场是一个非常可怕的场所。

傍晚回到饭店,晚上在聚集了很多人的餐厅里大吃特吃寿喜烧②。一个人吃寿喜烧的只有我一个,我觉得有点难为情。四周都

---

① 在日本,有人遇难的地方常供上花束以示哀悼。(编者注)

② 寿喜烧,一种以牛肉、葱、蔬菜、豆腐等为主要食材的日式料理,基本做法是将酱油、糖和高汤等调和成酱汁,和牛肉等一起烧煮而成。(编者注)

是些染着茶色头发或金发的大学生，洋溢着年轻的气息。大概只有我是独自前来旅行的。

二十日，我忍着全身的肌肉酸痛，一大早就继续去滑雪。我跌了好几次跤，有几次的跌倒方式，于今想起，只要有点儿闪失可能就会丧命。但是我仍活到现在，这就表示人是不会因为一点小事就没命的。可是右脚扭伤了。在跌倒的那一瞬间，感觉到剧烈的疼痛，让我以为"铁定断掉了"。事后发现只是扭伤，让我觉得自己实在太幸运了。

回程之际，被雪橇的边缘撞伤了下巴。我觉得这次的伤也只要再偏差毫厘，就会切断颈动脉，所以还算是很幸运。

二十一日，又花了九个小时搭乘巴士回到名古屋。对了，我随身带了小型的笔记型电脑。按照当初的预定计划，我在旅行目的地也应该要努力工作。应该。

3月22日

　　今天吃了巧克力奶油点心①和巧克力饼。据"东区巧克力王冠加冕"网站的介绍,巧克力饼有十种以上的吃法。真是寓意深远。

---

　　①　世界上第二好吃的食物。顺便告诉各位,世界第一好吃的食物是在马来西亚吃到的炒面。定金、松原和笔者三人前往土耳其时,因为转机的关系曾在马来西亚停靠,当时我们吃了炒面。在土耳其逗留的两个星期当中,我们也常提到"那边的炒面真是好吃"。

　　我跟朋友麻吉及 H 两人去咖喱屋吃东西。他们一直聊着与大学时的社团相关的话题,但是我一如往常,并没有加入他们,只是默默地吃着东西。

　　回过神来时,发现我们三人竟然跑去棒球练习场了。不知不觉中,我消耗了大量的百元硬币,制造了很多好球。我想,身边大概没有人可以像我这样以如此低的成本制造这么多的好球吧? 我一边想着棒球练习场也需要有合宿活动,一边踏上归途。

3 月 24 日

今天是大学的毕业典礼,念研究所的同班同学们都毕业了。

　　滑雪橇时弄痛了右脚踝,所以一直没办法慢跑,也没办法玩DDR①,身体变得好迟钝。真的很伤脑筋。

———————————

　　①　一种跳舞游戏机。为了预防一天到晚地工作会让身体机能变迟钝,我经常玩。

3月26日

　　我去棒球练习场练球,钱包有些小"失血",在半哭泣的状态下回家。事后,我仔细地检讨为什么老是打不到球,结果得到的结论是:可能是因为没有穿球衣。

3 月 28 日

为了庆祝毕业,我请安井吃饭。我们前往"狮子王"。所谓的"狮子王"是自助餐厅,随客人吃到饱。啤酒、葡萄酒和日本酒也都可以尽情畅饮。

我们在爱知县丰桥市搭上巴士,在丰桥车站前听到一名女性的声音好像在播报着"狮子王前面……"我经常听到这家店名,却从来没有去过,一直充满了好奇心。

好气派的一家店！我们在里面像狮子一样大吃特吃,吃相不亚于亚瑟·罗平(法国作家勒布朗的推理小说中怪盗主角的名字)。

念研究所的同班同学们好像在毕业之后都离开了丰桥,我两年前从大学毕业,但是此时才真正感觉到要和大家挥手道别了。

我一边吃着饭,一边对安井说着"这辈子大概再也不会再见到研究室的 K 老师了吧",为自己大学时代的回忆划下休止符。K 老师是我之前所属研究室的老师。可是离开"狮子王"之后,竟然在路边和 K 老师不期而遇,吓了我一跳。

4月1日

　　今天好像是一个可以说谎的日子,但是我没有跟任何人碰面,所以根本没有机会说谎。因为脚踝的伤还没有好,所以还是没办法慢跑和玩 DDR。我觉得不能再这样空耗下去,于是利用深夜的时间出去散步,却觉得似乎有雨滴落到脸颊上的感觉,于是只在公园荡了一会儿秋千就回家了。

　　好久没有荡秋千了,感觉还挺可怕的。想到小时候竟然可以脸不红气不喘地玩那么可怕的东西,不禁倒抽一口冷气。

4月2日

听说香港的一位明星昨天跳楼自杀,我备受打击。去了棒球练习场,本来想好好发泄一下,反而被打得惨败,这才了解自己有多弱。我坐在平价餐厅里工作,复制了安倍老师给我的广播节目内容,在发送给别人的邮件中写下最讨厌东西的前三名:

1　水蛭①

2　蜗牛

3　毛毛虫

---

①　电影《哈利波特》的第二集中有一幕水蛭从小孩子的口中不断涌来的画面,看起来很恐怖。

91

4月3日

　　为了工作。我去了一趟东京。跟松原真琴①小姐见了面,把昨天复制的广播节目内容交给她。我从松原真琴小姐口中听说了以前曾经对昆虫进行大虐杀的事情。然后我在涩谷从编辑 H 先生那边拿到了一份极机密的文件,随后前往烤鸡店。

　　"这家店的烤鸡肉为什么会这么好吃?"

　　"大概是用的肉不一样的关系吧?"

　　"那么,如果好吃的鸡都先被杀了的话,保存种族的力量就会自然启动,将来的鸡肉是不是就会变得难吃以便把好吃的品种保存下来?"

　　话题就变成这样了。

　　如果想把好吃的鸡肉留给后代子孙享用的话,我们就要先吃掉不好吃的鸡肉,使得它们坚信"如果能变成好吃的肉就可以存活下来"!

---

　　①　因为把青蛙和爆竹放进容器里制作出"青蛙炸弹"而广为人知的作家。松原真琴,22岁。

4月4日

我投宿在东京的漫画店里，可是在没睡好的情况下，天就亮了。我想是因为我看了《魁！天兵高校》的关系。离开漫画店之后，睡眠不足的情况变得更加严重。

距离跟编辑碰面还有一段时间，于是我在街上闲晃。因为睡意实在太浓了，脑袋中的血管好像快要破裂了，好想找个地方瘫坐下来。我想找家电影院，坐在舒服的椅子上好好地睡一觉。有一家电影院正在放映《猫鼠游戏》①(*Catch me if you can*)，我便走了进去。这部电影挺有意思的，害我迟无法入睡。离开电影院的时候，睡意突破了极限。我听到脑血管爆裂的声音，当即蹲了下来。

我在次日决定离开度过大学时代的爱知县搬到东京去。

----

① 斯蒂芬·斯皮尔伯格导演、里奥纳多·迪普里奥主演的电影，讲述一个骗子吃遍大江南北的故事。

93

补记

　　本书的前半部分是住在爱知县时所写的日记。明明是个小说家，不擅长写这种字的手为什么会突然开始写起劳什子日记的东西？至今我依然觉得是非常不可思议的事情。

　　我在日记中也写过，事情开端于前往京都时和定金伸治老师谈到的事情。定金老师在网络上开通了自己的网站，同时在网站上写日记。听他这么一说，我开始动起脑筋了。我也来写些充满幽默感的知性日记吧！让读者们切身地感觉到乙一这个作家的存在。如此一来，读者应该会冲着乙一这个名字而不是书的内容买书。万一成功了，往后写小说时，不管再怎么偷工减料，一定也可以过着悠游自在的生活。最后，我再开通一个魔法般的网站，跟读者进行各种交流，教他们绝对会赚钱的不可思议系统，而我什么都不用做，就有大笔金钱流进我家。

　　我从京都回来之后，就开始制作网站了。一开始，我什么都不懂，但是只需利用雅虎的使用指南，花上几个小时就可以完成了。本书中的"爱知篇"就是这样开始写的。人称有时使用"小生"，有时使用"我"，是因为我会根据当天的心情适度地变换。

　　前半部是以"爱知篇"为名，不过当时我是住在爱知县的丰桥市。我出身福冈县，为了进大学念书，便开始在爱知县独自生活。

丰桥市是很适合居住的地方,来我住的公寓探望的父母也非常中意。我从大学毕业已经两年了,但还是一直住在这里。我没有出去找工作,过着以写小说为生这种脱离一般常轨的日子。因此我不必选择居住的地方,更没有必要离开丰桥市。新干线就在丰桥市停靠,在大学里认识的朋友也都住在这里。

当我决定离开丰桥搬去东京时,朋友Y说:

"东京有什么?"

Y在丰桥市出生、长大。现在上班了,也还是住在家里。他好像没有搬去东京的念头。

话又说回来,当年我住在福冈老家时,也从来没有想过要去东京。我曾经就读位于福冈县的久留米高专,在不经意的情况下听到班上同学在对话中说"哪天真想到东京去住住看"时,甚至感到很不可思议,质疑他们为什么想刻意那样做。

我是在大学毕业之后开始想去东京的。我觉得,既然住在哪里都无所谓,那么去住在东京周边地区应该比较方便,因为从十六岁时就开始收听的广播节目在爱知县是收听不到的。

要说我是被那广播节目带大的也不为过。从十几岁多愁善感的年纪开始,每个星期会收听两个小时之久。住在丰桥市时,虽然可以收到来自东京的微弱电波,但是杂音太多,根本听不清楚。想清楚地收听到该广播节目,就只有前往发送该节目的地区去(后来听说使用违法的电脑软件就可以随处收听）。

　　只有北海道、东京、福冈还有冲绳四地发送那个节目。我也想"哪天去北海道和冲绳住住看"，但现在不是恰当的时期。所以只剩下两条路可以选择，不是前往东京就是回福冈。我决定离开爱知。

　　我在日记上掰了很多事情，安装窗帘时到家里来的 A 也是不存在的，但是收音机成为我前往东京的关键之物却是事实。

第二部

收音机信号清晰的东京篇

小生去涩谷看电影《骇客帝国》。从小生目前所住的公寓到涩谷只需十分钟的时间。想看电影时,小生就会去涩谷,这是非常方便的。小生以前住在福冈县的乡下地方。要说有多乡下,那种程度真是到了当小生"以住家附近的景致作为范本"来写小说①时,会让人产生"活灵活现地描写以前的日本民俗风情"的感想。事实上,那并不是以前的景致,即便现在也一样,这让小生心中五味杂陈。

可是小生之前很喜欢那样的乡下,曾经想过要在四周都是稻田的地方活到老死。小生无法理解那些憧憬都会生活、前往东京生活的人的心情。老实说,小生曾对东京的涩谷这个地方有着自以为是的想象。小生认为,像小生这样痴呆的人,只要一脚踩进那种地方,不到十分钟,就会遭到不测。小生觉得会有头发染色的年轻人偷偷窃笑着"冤大头来了",然后将小生团团围住,抢走小生的皮包和衣服,连袜子也不放过,然后呼啸而去。小生一直想着:绝对不能去"涩谷"那么可怕的地方。

一个人在爱知县生活时,经常被出版社叫去东京。在东京的朋友的强烈要求下,约好在忠犬八公像前碰面,小生不得已只好前往涩

---

① 笔者所写的那部名为《夏天·烟火·点点点》的小说,正确的书名是什么,已经忘了。

谷,内心却难掩恐惧的感觉。然而,什么可怕的事情都没发生。

之后再前往东京时,小生一定会去涩谷的漫画店度过漫长的时间。小生经常三更半夜在涩谷街头徘徊,也不投宿旅店,老是外宿在漫画店里。而现在小生竟然成了涩谷附近的居民。不知不觉之中,小生不再对忠犬八公前面的人潮感到恐惧了。不知不觉之中,小生也染起头发来了。不知不觉之中,小生也会把"星巴克咖啡"简称为"星巴"了。不知不觉之中,小生也会和住在乡下的妈妈以邮件互相传送生活照了。不知不觉之中,小生也会开始搜集收据,以备将来申报个人所得税了。姑且不说这些了,《骇客帝国》的内容很有趣①。

---

① 笔者看电影时,评论往往只有一句"很有趣"。

100

　　执笔写小说的的时候，房间里保持悄然无声或者流淌着平静音乐的状态是最好的。我常常放着名叫阿尔沃·帕尔特①（Arvo Pärt）的作曲家的音乐来写作，可以借由这个人的曲子来想象草木不生的极寒岩山。听着听着，心情便严肃起来，写作也可以顺利进行。

　　但是，自从搬进这间住处，就陷入了窘迫的状态。近旁的建筑物的一楼是电器行，在店门口摆放着的作为畅销商品的收录两用机常常播放着唱片——是最近大受欢迎的流行歌曲。那声音在小生的工作间里也能听到。整张唱片播完，又会从头开始无休止地流淌着。即便关上窗子，依然可以听到。在工作中，就算厌烦，声音也会钻进耳朵。尽管是算不上讨厌的歌手的唱片，到了最后也会听得耳朵长茧。

　　小生我，鼓起勇气，趿上凉鞋，前往电器行。

　　"我在旁边的公寓楼里面工作。收录机的音量能不能调小一些呢？"

　　店员带着歉意将音量调小了。小生我松了一口气。

　　暂时还不错。回到房间里，那声音也听不到了。但是，几个小时

---

　　① 爱沙尼亚作曲家，以合唱圣乐出名，乐风被称作"神圣简约主义"。（编者注）

以后，或许是别的店员做的吧，收录机的音量变回了原先那么大。再一次无休止地播放起唱片来。命运捉弄人啊！老天不想让小生我工作，是吗？就算真是这样也很困扰。小生我，是一个怯懦的男人。虽然希望对方再次把声音调小，但是再次向店员搭话是需要勇气的。如果被对方用"同样的话说好几遍你找死吗?"这样反击的话，想想就可怕。

希望这事能够和平解决。于是，总算想出了一个解决对策。

小生我，下定决心趿上了凉鞋。走到旁边建筑物的电器行那里，在大声播放着的收录机跟前站定。确认了店员没有看向这边之后，取出了流行歌曲的唱片，把从自家带出来的阿尔沃·帕尔特的唱片塞了进去。

那之后的时间里，从电器行那里持续地流淌出极寒岩山一般的音乐。漫步街头的人们脸上的笑容消失了，而我的小说写作顺畅地进行了下去。

小生有一个同龄的男性朋友Y。他留着长头发,胡须杂乱不堪,乍看简直像个流浪汉。

今天他坐在小生面前吃饭,试图将一颗生鸡蛋打进装了白饭的碗里。但是饭太多了,没有容纳生鸡蛋的多余空间,于是蛋白和蛋黄滑过米饭的表面,掉到桌面上。

"糟糕,糟糕!"

他说道,赶紧用筷子和手指头试图将桌上的生鸡蛋捞起来,但是掉落在桌面上的蛋黄始终从筷子和手指头之间滑落,捞不起来。

小生拿起一只大汤匙说:"用这个试试看吧。"他说了一声"没问题",接过汤匙。但是蛋黄也是相当有骨气的,滑溜溜地避过了汤匙的金属前端,像鲁邦三世①一样在桌面上窜逃。

"小生从右边进攻,Y从左边发动攻击。"

我们一起扑向桌上的蛋黄,但是蛋黄在瞬间提速,穿过桌面,溜过小生的手指头之间。Y曾经将蛋黄捞到汤匙上,但是蛋黄利用蛋白的滑溜特性,溜上汤匙的汤柄,就这样一跃从"窗口"溜走了。Y有点儿懊恼,喃喃说道:"以后要将生鸡蛋打到米饭上时,得先将米饭压凹一点再打。"

----

① 日本漫画主角,拥有高智商又有正义感的小偷。(编者注)

6月13日

今天刚好是十三号的星期五,因此街上经常能看到杰森①。小生看到的杰森就有三个。

第一个杰森在麦当劳里吃垃圾早餐。因为曲棍球面具上没有开洞,所以他吃东西时必须把面具稍微挪开一些,把薯条和松饼塞进去。他小心翼翼地不让别人看到他的脸,简直就像在学校里把便当遮掩起来的女孩子一样不好意思。

第二个杰森好像是住在附近的家庭主妇,她围着围裙,右手上挂着一个购物篮,站在蔬果店前,花了很长时间犹豫着要不要买两百日元的香蕉。也许你会觉得这个杰森未免太寒酸了点儿,可是她的腰间却吊着一把杰森在电影中握的劈柴刀。小生从这把刀上感受到杰森的魂魄与精神,不禁产生了好感。小生心想,她为劈柴刀的握柄绑上橡皮圈,避免滑手,这应该算是家庭主妇的一种智慧吧?

第三个杰森蹲在路边哭泣。小生走上前去问:"为什么在这里哭?"这个杰森好像是带狗出来散步时,狗趁机逃走了。小生陪着这个杰森一起在街上晃来晃去找狗。待夕阳西下,整个街道都染上红色时,终于在柏青哥店后头找到那只狗。杰森对着小生连行了几次

---

① 出现在电影《十三号星期五》中的杀人鬼,穿梭于宇宙之间,和弗莱迪作战。

104

礼道谢,然后扬长而去。

"可别放开绳子哦!"

小生对杰森说道,但是小生并不确定杰森是不是对小生报以开朗的笑容(因为他的脸上戴着曲棍球面具)。

6月18日

　　好久没在东京住了。小生这几天都待在爱知县。因为朋友有一部独立制片的电影在上映,小生前去捧场,也顺便见见几个朋友。

　　小生在搬到东京居住之前,曾在爱知县住了四年之久。因为就读的大学位于爱知县的丰桥市,所以爱知县成了小生的第二故乡。

　　事情发生在小生搭上从东京前往名古屋的新干线"燕子号"上。新干线会经过丰桥市,于是小生计划从车上眺望那令人怀念的街道。虽然只有那么一瞬间,但是从新干线的窗户应该可以看到熟悉的大厦群。小生甚至觉得回忆将会盈满心头,也许会当场哭起来。

　　就在新干线即将通过那些街道时,坐在旁边的人找小生说话,问我对"一朗"①有什么看法?当小生以三百个字回答关于"一朗"的感想时,丰桥市已经在我脑后了。

　　旅行在外,发生了很多事情。也走过了娜娜人偶(名古屋车站地铁七号出口处有名的约会地标,身高六米一)的两脚之间。所谓的娜娜人偶是耸立在名古屋车站旁的人偶,体积非常巨大,直冲向天,当名古屋出现怪兽时,她宛如会立刻出动、拯救城市于危急存亡之秋一样。第一次看到那个人偶的朋友喃喃自语地说道:"驾驶舱在哪

_____

　　① 这里应该是指日本家喻户晓的棒球选手铃木一朗。2004年,他以单季262次安打的佳绩打破美国职业棒球大联盟长达84年的纪录。(译者注)

里啊?"

小生心想,下次一定要在从爱知返回东京的新干线上看到丰桥市。小生会把所有的精神都集中到眼球上,贴在窗边等着。从名古屋车站出发之后,小生就一直保持这个姿势。事情就发生在新干线"燕子号"来到丰桥前面时。坐在旁边的人问我对"阪神老虎队"①有什么看法?当小生以三百个字回答对"阪神老虎队"的感想时,丰桥市已经溜到后头去了。

---

　　① 日本棒球队。(译者注)

6月19日

小生去集英社接受采访。不擅长说话的小生一如往常,不知如何应答。之后,小生拿着冰淇淋前往角川书店。

至于小生为什么要带着这种西式小零嘴前往,那是因为小生得到情报,与小生同样出生于1978年的漫画家大岩雄老师①从昨天起就留宿在角川书店总公司大楼里工作。他以前帮忙把小生的小说画成漫画,我们称呼彼此为灵魂之友(但是小生会对他使用敬语)。小生的想法是,如果在这个时候喂他吃一点儿甜食,给他一点儿恩惠的话,以后也许可以得到些什么好处。

大岩老师工作的地方是一间会议室。小生拿着冰淇淋走进去之后,他就拉开一张椅子让小生坐下。他"唰"地把写了字的原稿递给小生,又塞了一支笔给小生。

"嗯,请把这里涂满。"

大岩老师这样指示。于是小生只好一边流着奇怪的汗水,一边将空白处涂满。

---

① 也帮泷本龙彦老师的小说《欢迎来到NHK!》的漫画版作画的人,以拥有可以按照自己的意念自由操控心跳速度的特技而广为人知。2004年7月5日,发生了让人想忘也忘不了的事情。笔者和泷本及角川编辑坐在东京市内某家中餐厅里,这时大岩雄和女朋友手牵着手出现了,看起来似乎非常恩爱。笔者在内心祈祷:"神啊,请赐给我一把机关枪,然后请让我将眼前的这个漫画家扫射成蜂窝。"

今天是个悲哀的日子。小生是在晚上十点左右写下这篇文章的，然而到目前为止，小生仍无法从打击中破茧而出。

那个悲哀的事件发生在正午时分。小生睡过午觉，前往面包店买午餐。小生买了巧克力面包卷。别看它做成尖尖的样子，却甜得要命。小生想在回公寓的路上边走边吃。

可是不幸的事件发生了。小生一边走一边大口吃着的面包卷竟然掉到了地上。

路上有很多人，来来往往，每个人的步伐都是那么急促。从别的地区搬来的小生早就知道，住在那一带的都是东京人。但是东京人走路的速度实在是快，每个人脸上都带着对别人漠不关心的表情，好像没有人看到小生把面包卷掉到地上的场面，也许根本就没有人在意小生。

小生一脸"面包卷虽然掉到地上了，但是小生一点儿都不觉得遗憾，而且本来就不怎么好吃"的表情，将面包卷捡了起来。小生将掉到地上的面包卷带回家，定定地看了它好一会儿。上头没有沾到什么泥巴，看起来应该还可以吃。本来，面包卷的外表看起来不就是即使沾了泥巴仍可以用手擦干净的样子吗？因为面包的部分还是很光滑干净的模样，所以小生觉得吃下去也不会怎样。如果担心卫生问题,那么光吃里面的巧克力奶油也是可以的。小生想起这个世界上的某个地方有很多因为没有东西吃而饿死的孩子们。

　　结果小生还是没有吃下那个面包卷。小生虽然睡懒觉睡到中午,但还是一个很有自尊心的生物。于是,小生把面包卷给那位来小生家玩的 A 吃了。

　　小生和朋友外出买沙发，走了好长一段路。Y说："走到那家店大约只要十五分钟。"事实上我们走了将近一个小时。一开始，小生怀着轻松的心情，脑海中唱着《龙猫》的主题曲，心头和小梅①一起又走又跳的。然而走到店里时，脑海中的小梅已经累到快倒地了，真的是比小梅的妈妈还脆弱。

　　姑且不说这些了，小生跟朋友去的是一家环保家具店。

　　"这是什么东东啊！"

　　小生看到形状足以让人发出这种惊叹声的沙发，决定只买这个。那是一张形状几乎可用滑稽来形容的沙发。那种形状会让走进小生房间的人心头纳闷着"这家伙一定有什么不良的企图"。

　　此外还有很多奇奇怪怪的沙发。我们将这些沙发全都搬到店面前的人行道上，组成特设的接待家具组。我们悠闲地坐在沙发上，结果，在人行道上来来往往的人全都回头看，眼神中尽是"年轻人又在做一些疯狂的事情了"的意味。小生觉得很难为情，赶快站起来，站在远处望着朋友。

---

① 出现在动画《龙猫》中的小孩子，姐姐的名字叫皋月。

111

6月23日

　　昨天购买的沙发送到小生家了。小生跟一名少年一起坐在沙发上，度过了整个下午。那名少年微微铁青着脸，却是一个安静又乖巧的孩子。

　　话又说回来，这张沙发又大，又有着不正常的形状，价格却便宜得让人惊讶。

　　举例来说，随便找一家漂亮时髦的家具店，进去看沙发的标价时，会发现动不动就会标上二十万日元之类的价钱。明明到处都是家具，不见人，但是当你想在没有告知店家的情况下就带回家时，又会被人一把抓住肩膀叫住："请等一下。"

　　今天送来的沙发只要七千日元。小生有点担心，未免太过便宜了？会不会是有什么问题的沙发啊？小生脑海中涌起上百个疑问：这种沙发会不会一坐上去就没命？会不会一坐上去肯定脚痒？会不会一旦坐上去等到去美容院时刘海就会被剪得太短？可是环保家具店的老板只字未提。

　　"这里有红色的印子，也许看起来像血迹，事实上并不是血，不是孩子吐出来的血沾上去造成的。这里有指甲刮挠过的痕迹，但并不是为病痛所苦的孩子抓出来的，没有孩子死在上头。"环保家具店的老板这样说，所以，应该没什么问题吧？小生从来不相信幽灵或诅咒

112

之类的事情,而且小生剪头发都不是去美容院,而是到一般的理发店,所以不会有问题。

傍晚时,到家里来的朋友一看到沙发就说"太大了"。然后又指着坐在小生旁边、铁青着脸的少年问:"这个少年是什么人?看他穿着睡衣,是你的朋友吗?"少年只是一副不可思议的表情抬头看着朋友,什么话都没说。小生解释,他是跟沙发一起被搬来的陌生人。于是朋友说:"唔,这世界上什么怪事都有。"

6月24日

　　小生在位于神保町的集英社①这家出版社里卖命。小生从事靠写小说赚小钱的工作，本月底要发行新书。今天下午两点起，要在五百本新书上签名。桌上堆五百本书的样子真是有点儿吓人。

　　至于为什么要刻意在书上签名，用意是让书店购进签了名的新书，卖不掉的还可以退货。所以，能配送越多签了名的书给书店就越能形成"畅销"的现象。也就是说，签名书是对小生这种贫穷、没什么名气的作家来说一种最踏实稳健的销售商品。

　　签完名，小生和作家朋友吉田及讲谈社的人一起吃饭，然后到神保町某家小酒馆去喝两杯，这家店素有"文坛酒吧"之称。没想到竟然在这里遇见川上弘美老师。小生好紧张，全身像被水泥封住一样僵硬。念大学时的朋友当中，有人非常喜欢川上弘美老师。小生巴不得立刻向那个朋友大肆炫耀一番。但是跟那个朋友因为吵架而分道扬镳了，所以没有这样的机会了。

　　回到公寓之后，小生把今天发生的事情说给坐在沙发上、脸色铁青、穿睡衣的少年听。

_____

　　① 出版"Jump J 系列"图书的超主流小说公司，是一家非常好、足以代表日本的出版社。

现在是二十八日中午过后。这几天发生了一些事情,因为事情太多,所以写这种日记觉得有点儿麻烦。于是,小生便想以逐条陈列的形式,将发生的事情简单陈述出来。

- 写了定金老师的小说《圣战》文库版的解说①。写解说时,心里一直忐忑不安,害怕定金老师会生气。

- 在新宿和集英社的人碰面,拜访书店。

- 要在两天内拜访十四家书店。二十七日到新宿一带扫店,二十八日到神田、上野一带拜访。

- 在书店里的一些书上签了名。小生觉得签名实在是一件愚蠢可笑的事情。心中很害怕,不知道读者会不会生气?

- 某家书店里,有人要求小生举办签名会,但是小生觉得太难为情,所以婉拒了。结果小生在书店后面的小巷子里铺了一堆稻草,正襟危坐,在书上签名。

- 小生的签名简单得有点儿可笑。小生连书名也一并签了上

---

① 接下工作时,定金老师交代"请适度写一些像这本日记一样的文章"。笔者依言行事了。结果因为过度吹嘘,写出了没有什么意义的文章。笔者会深刻反省。

去,好歹像个很正式的签名。

• 在书上签下名字的行为让小生觉得有点儿像是在匿名检举。

• 书店的店员给了小生唱片。

• 和几名编辑一起去巡回拜访书店。旅途当中,时而谈起以前的回忆、幼年时期的心理创伤、吵架、重修旧好、背叛、遭到背叛、被拉扯耳朵、忘记给零钱、忘了上锁、被迫在可疑的契约书上签名等充满戏剧性的事情! 以上一概没有发生过。

• 第一天的午餐吃散寿司饭(一种在用糖、醋等调味料调好的米饭上撒上青菜、鱼、鸡蛋丝、紫菜等的饭菜),晚上吃天妇罗。第二天中午吃面,晚上吃烤肉。全都是编辑请客。真是奢侈啊! 小生一边吃着美食,一边产生“吃了这种东西不知道会被谁骂”的恐惧感。

• 结束第一天的行程之后,到推理作家协会的获奖庆祝会的续摊会上露了一下脸,那是为有栖川老师举办的庆祝会。“请说句话。”有人这样要求小生,把麦克风递了过来。小生事先没有作准备,所以只说了一句“恭喜”,就把麦克风丢回去了。真是不慎重啊! 事后小生强烈地自我反省了。有栖川老师,真的很恭喜您。还有,小生的发言太简短了,真是抱歉。不过该庆祝会上倒是来了很多了不起的老师。小生心中一直忐忑不安,不知道什么时候会被骂。

• 续摊会的隔天,也就是第二天,小生产生严重的疲惫感。集英社的人买了勇健好活力液（Yunker）①给小生，小生便把饮料喝了。好好喝，鼻血好像快喷出来一样。疲惫感虽然消除了，但是每次拜访书店看到里面的人时，都会产生一些负面的妄想，譬如"这个人是不是在生小生的气?"或者"这个地方的人会不会指责小生?""到底哪个人会议论小生的缺点呢?"等，害得小生躲在墙角直发抖。

• 小生必须在书店的装饰色纸上留下一句话。于是小生有分寸地写了"注意不要吃太多刨冰""注意别吃太多布丁""偶尔给爸妈打电话"这几句话。

这几天就是这样过的。今天觉得好累，一直处于低潮。当小生正在给编辑传几张传真时，有人来修理热水器。之前小生家里一直没热水，只好用冷水洗澡。

修理工不知道为什么无视沙发上少年的存在，开始修理热水器。他的眼中似乎没有少年的存在，也许是因为他的视力太差了?

---

① 营养饮料，就像幻想空间中的 elixir（魔法药）。

117

6月30日

头好痛,小生喝太多酒了。

昨天去参加在多摩举行的独立制片电影活动。不知道为什么,在爱知县时认识的朋友也来了。电影活动结束之后,大家一起去喝了两杯。酒会上,千奇百怪的人都到场了。

闹了一阵子,天亮时仍在白木屋里的人有小生、野中、佐藤先生和山冈先生四个人。野中是小生念大学时的同班同学,大约已经有半年没见了,所以这次的重逢让小生百感交集。小生受过他许多恩惠,是一个与小生的人生有着很深关联的人。

早上离开白木屋时,四个人都有点儿疲累了,眼神也显得很朦胧。星期一的早上,有不少穿着西装的人正准备上班,偏偏我们四个人的服装显得有点儿邋遢。天气很好,头上一片蔚蓝的天空,但是喝了太多酒,脑袋很不舒服。四个人搭上电车前往新宿,然后在新宿解散。小生好想火速躲回家里的棉被中睡觉。

当电车停在某个车站时,明明不是新宿,野中却站起来,从车门走出去。小生感到讶异,明明还没到新宿站呢。这时,野中突然在车站的月台上吐了起来。

车门关上,电车将他丢在月台上,开始往前飞奔。也不知道下次再遇到他是什么时候。小生心里一边想着一边凝视着他那逐渐远去、沾满呕吐物的身影①。

---

① 结果日后就没再见到他。当时同在电车上的佐藤先生和山冈先生在电车发动、看不到野中之后,还不疾不徐地又把话题绕回电影上,就好像什么事情都没发生过一样。

7月4日

小生到大阪、京都、爱知去做了一趟三天两日游。这是一趟在小生所写的书上签名的旅行。像小生这样的人，有签名的价值吗？实在让人不胜惶恐。每次跟编辑走进书店时都好紧张。

这次的旅行中堪称让人印象最深刻的，要属在书上签名时同行的几名编辑和小生这支团队的默契合作。

首先，由编辑C先生将小生写的书打开递给小生，小生用马克笔在上头画上笔划极少的、像是诈欺手法一样的签名。然后编辑A先生再用像团扇一样的色纸扇一扇，让马克笔的墨水快干。紧接着，A先生（一喝醉就狂笑）再合上封面，将书叠放在一起。

我们就这样各自负责自己的工作，感觉自己就像大型机器中的齿轮一样。旅程的最后，小生已经对自己负责的单纯签名的作业有所醒悟，找到了其中的乐趣所在，建立起个人的哲学来。只要有人抢走别人的工作，就会飞来"不要因为你没有意识到我的存在就抢我的工作"的白眼。大家形成一个团结的集体，到了不能欠缺任何一个人的地步，小生觉得我们大可组一支乐队。

回家之后，整个人都瘫了。

除了在书上签名，还发生了各种事件，譬如：在最后关头赶上了差点儿就赶不上的新干线、定居在京都的定金伸治老师住到了小生

120

的家里、被迫每天三餐服用看起来像是实验药物的维生素 C 粉末、听人说被力士追着跑的故事、想象某个网球球童的模样、嘴巴四周沾着黄豆粉在新干线内奔跑、遇见豆豆先生、搜索"扒手"这个词的来源、喝用荞麦烧酒煮成的荞麦汤、"烫乔麦糕"(sobagaki)变成了"搭接"(sogabaki)等。但是因为嫌太麻烦，小生并没有将这些事情写出来。小生整个人累得快趴在地上，勉强回到了家。坐在沙发上、脸色铁青的少年看到小生回家，脸上顿时出现了光彩。

7月5日

　　小生终于买了空气净化器,购买的动机源自弥漫在室内的尘埃。在那之前,小生家里飘荡着无数微小的尘埃。这些灰尘一点一滴地被吸进小生肺里堆积,一定缩短了小生许多寿命。自从买了空气净化器,小生觉得可以就此跟尘埃告别了。

　　到了晚上,小生跟空气净化器大谈空气污染问题。小生对空气污染这种事情并不是很清楚,所以只是单方面地聆听空气净化器说话。

　　空气净化器非常在意汽车排放的尾气问题,它一边抽着烟一边说"应该尽快改用氧气发电的引擎"。空气净化器的头脑真是好,而且不知道为什么,它讲话竟然带关西腔。

　　看到自己吐出来的烟,它说了一声"啊,不能这样",赶紧按下自己身上的开关。装置在它体内的风扇开始转动,将烟吸了进去,净化了小生房间里的空气。

今天是七夕,小生买了眼罩。小生所住的涩谷一带,从几年前就形成了七夕当天蒙上眼睛的风俗。夜里,牛郎星和织女星会碰面,但是从地上偷窥他们实在有失礼仪,于是有人提议大家一起把眼睛遮起来。这件事还没有被电视或杂志报道出来,所以那些不住在涩谷一带的人一定不知道。

小生前往涩谷的巴尔可展场去看了看,果然有卖各式各样的眼罩。可以作为眼镜使用、戴着也可以直接点眼药水的眼罩最受欢迎。

小生买了眼罩之后,顺便去看了一部以前就想看的电影《时时刻刻》,内容很有趣。然后到喜见达去吃冰。喜见达在日期里有"七"的日子里会提供一种叫"七"的口味、但平常不卖的美味冰淇淋。今天吃到了梦寐以求的美味冰品。

回家的路上,性急的人早已戴上了眼罩。这些人一戴上眼罩就看不清楚前面的路,相继撞上了电线杆。提醒人们注意的警官们也戴着眼罩,因此往往会提醒错了人。回到家里,小生也赶快戴上眼罩试试看。

到了晚上,戴上眼罩在一片漆黑中屏息凝神,可以听到高空中传来轰轰轰宛如有巨物正在接近的低沉鸣声,那个声音慢慢地从东边的方位向这边靠近。西边的方位同样也可以听到嗡嗡嗡的巨大响声,那是牛郎星和织女星在比云层更高的地方相逢的声音。

7月8日

　　小生今天从下午两点开始就在咖啡馆接受采访。小生一直很在意，最近被采访和宣传活动占去太多时间，没什么时间执笔写作。因此小生不管三七二十一，强行要求在靠近车站一带的咖啡馆里进行采访。编辑是一个心肠很软的人，只要将他的头夹在小生的腋下晓以大义，他就答应小生的条件了。

　　非得睡到中午才不会染上致命疾病的小生，果然又睡到了中午才醒过来。因为距离下午两点的采访还有一点儿时间，于是小生决定到甜甜圈店去思索写小说的灵感。甜甜圈店的咖啡可以续杯，所以小生可以一边茫然地思索着小说的题材，一边在里面耗上很长的时间。

　　就在小生坐在甜甜圈店的吧台上想小说的事情时，一个戴着眼镜的消瘦男人坐在与小生隔了两个座位以外的地方，衣服上黏着一张透明坐标纸纸条。所谓的透明坐标纸，就是蒙在漫画的原稿上、有无数点点的纸张。

　　这个男人将笔记本摊在吧台上，开始思索漫画的名称。小生无法抑制心头的悸动，绝对不是因为小生爱上了他。小生一向都对漫画家抱着憧憬的心情，就算是面对一位尚未出道的漫画家也一样。所以小生把目光盯在跟小生一样坐在吧台上一边喝便宜的续杯咖啡一边试图逼出作品的穷酸男人。小生也跟他一样,摊开了笔记本,写着与小说相关的备忘。小生有一种"在最近的车站附近发现战友"的心情。

就在小生浮起这个念头的时候,坐在附近座位上的一对高中生情侣发现了那个男人。他们看着画在摊开的笔记本上的漫画,轻轻地笑着。小生隐约可以听到他们的对话,可是内容会让那个男人觉得很不舒服。画漫画的男人年近中年,外型看起来一点都不清爽,一身的行头使得他很容易成为高中生讪笑的对象。小生一边啜饮着咖啡,一边在心里忐忑地想着:男人应该听得到他们的对话吧?

就在小生要求咖啡续杯时,画漫画的男人将笔记本合上站起来。看上去不怎么透光的入口处,三位穿着西装的中年男人正走进来。穿着西装的三人组来到画漫画的中年男人面前,不断地低头致意。画漫画的男人①被客气地带到店外,上了一辆黑色的高级轿车。怎么看,那都是一辆跟生活水准一般的人无缘的豪车。那对高中生中断了交谈,很惊讶似的,看着这一幕。

---

① 经过事后调查,这个男人是某位有名的漫画家。

7月9日

　　小生被编辑叫到涩谷去。位于东急文化会馆旁边名叫"法国"
(Francais)的咖啡馆是约定的碰面地方。橱窗里摆放了很多蛋糕。
小生好想吃,但是又担心卡路里太高,不得已只好放弃。等着等着,
角川书店的几名编辑到了,开始谈起工作上的事情。待公事大致谈
完,只有责任编辑 A 先生留下来,其他人先走了。A 先生把读者寄到
出版社的信交给小生。A 先生是累积了相当多的来信之后才交给小
生的。

　　小生在角川书店所出版的书的《后记》中注明了"读者来信寄送
处",因此大部分的信都送到了角川书店。小生坐在"法国"咖啡馆里
看着一封封读者来信。这一次,寄到角川书店的读者来信明细大致
如下:

　　读者来信总数:二十七万四千九百六十二封
　　男性投稿者:十万一千七百八十九人
　　女性投稿者:十四万五千九百零四人
　　其他①:三百九十人

―――――――――

　　① 　据编辑的统计,如果把以上三种人加起来,合计二十四万八千零八十三人,跟
第一项的总数不符。但是小生不能把这种事情放在心上。

126

"很有趣"：五万八千二百四十五个感想

"无聊"：十二万三千四百九十五个感想

"很感动"：三万四千二百九十四个感想

"没看过老师所写的书"：三千二百九十五个感想

"请不要自杀"：四千二百九十四个感想

"请代向伯母问候一声"：二百五十四个感想

"头脑聪明"：八万二千四百二十二个感想

炭疽菌：六百零三只

炸弹：二十一颗

喜帖：十二封

电子邮件：十二万四千四百九十五个邮件地址

手机号码：三万三千二百八十三个

世嘉土星游戏机：四十三台

头发：三百九十二万五千四百八十二根

大头贴：八百四十九张

现金：一万元纸钞×三张

一万元纸钞脏污的程度："来自北国，八七初恋"级

看过明细之后，心里大概就有谱了。将所有的来信都拆封之后，"法国"咖啡馆被炸弹炸得粉碎。离开咖啡馆时，被那些忙着整理飞

散四处的玻璃杯和盘子的店员狠狠地瞪着我。希望读者以后尽量不要放一些带有危险性的东西在来信里面。还有来信问:"老师单身吗?"很遗憾,小生有九个老婆和十三个小孩,希望各位能死了这条心①。

---

① 读者寄来的信上除了可爱的信纸,还夹带了大头贴,用圆体字写着"请跟我结婚",上头还注明了手机号码和邮件地址。大头贴上穿着水手服的女孩子长得很漂亮,但是笔者没有跟她联络。因为这些信一定是某人故意写来陷害笔者的。要是笔者真的联络的话,一定会被笑掉大牙。太危险了! 太危险了! 仔细想想,根本不可能有女孩子会对笔者心存好感。

这是昨天的事情。住在爱知县的朋友来东京玩,我们在水道桥会合,然后到东京巨蛋球场看棒球赛。

这个朋友叫麻吉,是日本火腿队的球迷。据他说,日本火腿队的球迷是相当异端的。

举例来说,日本火腿队的小学生球迷必须隐瞒自己是该队球迷的事实才能活下去,要是不伪装成其他球队的球迷的话,就会遭到异端审问。为了逼出日本火腿队的球迷,还得在教室里故意践踏日本火腿队的帽子。为了掩饰自己火腿队球迷的身份,还要故意将火腿队的徽章丢进河里,事后再一个人下河去捞回来。

对棒球不是很热衷的小生只觉得,日本火腿队的选手,应该都是很会玩无线电的火腿族吧? 所以,日本火腿队的球迷才会这么辛苦。

麻吉为了得到日本火腿队的徽章,一直花两百日元买球员图像徽章,目前他手上已经有很多稀有的徽章了。徽章上写有日本火腿队球员的球衣号码。有多少选手,他就有多少徽章。听说日本火腿队的球迷们为了得到这些徽章,每个人都不断地投入两百日元购买。小生对球队仅靠贩卖徽章就可以支撑下来一事感到惊讶。

小生鲜少到东京巨蛋球场,不过这边有各式各样的招牌,挺有趣的。巨蛋简直就是用广告盖起来的。外野席上高挂着巨大的广告招牌,当球员打出全垒打、球击中广告招牌时,还可以得到一百万日元的附加奖。听说如果击中汽车的广告招牌,附加奖就是一辆车;击中优酪乳的招牌,就可以得到一个游泳池那么大杯份量的优酪乳;如果击中代代木动画学院的招牌,就可以要求制作属于自己的动画。

比赛过程也很有趣。离开巨蛋之后,我们前往新宿。吃过什锦煎饼之后,我和麻吉道别。回到家里,我跟沙发少年打过招呼之后,立刻蒙头大睡。

又有好几天没写日记了。自从上次写了去东京巨蛋球场的日记之后,已经过去了三天。这三天里,小生着实忙着工作。当这本没什么用处的可笑日记成为正规工作的阻碍时,小生就不写了。事前,小生也获得了幻冬舍责任编辑日野先生的批准,所以就当这是没办法的事了。

几个小时之后,小生就要前往八岳了。在八岳等待小生的就是那位笠井洁老师①。因为在杂志上有对谈的专栏,所以小生和笠井老师有对话的机会。小生现在就开始紧张了。像小生这样的人能够站在笠井老师面前吗?小生担心在老师面前失礼,已经想好了一百八十种道歉用语。如果这样还得不到谅解的话,小生打算把家人都献给老师。

话又说回来,小生并不清楚要跟笠井老师对谈什么。杂志编辑想必也心惊胆战。说到小生推理方面的知识,相当于零,也没看过什么哲学书籍,也搞不懂什么是联合红军。这样的人却还经常写小说,小生自己不禁感到汗颜。这本日记没什么价值,只是让人感到困惑而已。内容一点都不好玩,敬请见谅。

---

① 是笔者这种程度的人不可能见到的超级推理作家。

131

今天发生了可喜的事情。

小生想用手机发短信跟朋友说"正在听 misuchiru 的唱片"。将"misuchiru"这个词转换一下，就是所谓的"Mr. Children（孩子先生）"①。没想到这个词已收录在字典上。小生觉得真是了不起②。

---

① "Mr. Children"为日本摇滚乐队，日语简称的发音为 misuchiru。

② 当笔者向各位报告此事时，大家却都已经知道了，这好像已经是一般的社会常识了。

小生到八岳两天一夜游。不是去玩,而是去工作。正如在前面的日记中提到的,小生是去跟笠井老师对谈。

十五日

抵达长野县某车站的小生和光文社工作人员一行四人,被酒店的接送车放了鸽子,只好乘出租车前往酒店。那是一间豪华而有着奇特外观的酒店。只看到过泡沫经济之后日本面相的小生,终于体会到在泡沫经济之前曾有过惊人的一面。出版社总是经常让小生感到惊讶,不知道他们让小生这样的人住这么豪奢的酒店有什么企图,像小生这种人,只要有漫画店的过夜包厢就够了。

小生在酒店大堂和笠井老师碰了面。这是我们第三次见面,可小生还是很紧张。一行人从酒店前往笠井老师的工作室,笠井老师开着自己的车接送我们。像小生这样的人能坐上老师的车,真是太抬举了,其实只要用绳子把小生绑在车后拖着走就行了。

笠井老师的工作室好气派,有地下室和阁楼,还配置有巨大的扬声器。笠井老师和光文社的人聊着"五十肩"的话题。之后大家前往温泉泡澡。当小生从三温暖包厢中出来时,大家都不见了。小生心想,刚刚发生的事情果然都是一场梦啊。像小生这样的人根本不可能出书,不可能到笠井老师的工作室访问,更不可能一起去泡温泉。自己到底是从什么时候开始在梦境中徘徊的? 也许是从初中毕业开始脑袋就变得很奇怪,做了一场成为小说家的白日梦。之前还待在一起的编辑和笠井老师都是小生自行想象出来的幻影,事实上,小生是对着空无一物的空气讲话,所以才会被酒店的接送车放鸽子。三温暖包厢里的热气终于让小生的脑袋恢复正常了,小生终于发现了这个事实。

走出浴场时,看到编辑和笠井老师及其儿子阿驱的幻影,小生知道自己的脑袋还没有完全恢复正常。小生跟着幻影们到中餐厅去吃晚餐。明明是幻影,每个人却都有切实的存在感。用完餐之后便是对谈。对谈结束之后,便和笠井老师及其儿子道别。

十六日

在酒店的床上醒来,小生莫名地觉得自己是躺在脑科医院的病床上。或许把医院看成内部装潢豪华的酒店的病人只有小生一个人,事实上只是一间简单朴素的病房吧? 小生在酒店内信步走着,前往大厅。心里想着,擦身而过的酒店工作人员应该都是护士吧? 小生和在大厅等着的编辑们的幻影会合,办了出院手续之后,前往车站。

抵达东京之后，一行人在新宿车站和插画家羽住都老师碰面，这位羽住都老师一定也是小生想象出来的幻影。小生做了一个和编辑及羽住先生三个人前往俄国餐厅吃饭的白日梦。明明只是一场梦，料理却好吃得不得了。可是正因为太好吃了，才更让小生确定这是一场梦：在现实世界中，是不可能有这么好吃的东西的。

小生和两个幻影谈到年龄的事情。小生已经将近不想去思考年龄这一问题的年纪了。小生估算自己今年就要二十五岁了。编辑幻影说："到了年龄的某个阶段，人就会变得忧郁。"可是在现实世界中，小生是不可能变成二十五岁的。事实上，小生应该大约只有十岁左右。一定是在棒球比赛后回家的路上为了救一只差点儿就要被车子撞到的小狗而受了伤，然后陷入深度的昏迷当中，以至于做了这样的梦①。小生好想快点醒过来做复健。

---

① 后来笔者去找精神科医生咨询，拿了几种药物的处方笺，知道自己的想法和担心根本是杞人忧天，姑且放了心。

7月17日

　　八岳之行造成的疲累使小生一直卧床不起,所以决定今天不离开棉被。感到疲倦的时候,当然只好躲在棉被里度过一天了。小生这样写,可能会让有良知良识的人觉得小生是个人渣。在旁人的眼中,小生半张着嘴、口水从嘴角流出来的样子怎么看都像是在睡觉。事实上,躲在棉被当中也是可以进行小说构思的。生性喜欢工作的小生即使躲在棉被当中也在工作。如果各位有所误解,那真叫小生伤脑筋了。

　　晚上,几个朋友到家里来做布丁、中华凉面和起司蛋糕。小生毫不客气地都吃下肚了。朋友们都是上班族,他们今天一整天好像都过度劳动了。

　　大家一边吃着中华凉面一边挨个谈起自己今天如何在工作岗位上拼命。小生不能实话实说,于是始终不发一语。中华凉面好好吃,之后又吃了朋友做的布丁。有人问:"味道如何?"布丁的柔软度让小生大感惊讶,一时之间脱口而出:"好布丁哦!"于是在场的每个人你一言我一语的"好布丁哦……""好布丁哦……"现场一阵混乱。这是小生今天所做的第一件事。

　　小生目前住在公寓的二楼。夜里,小生在房间里工作时,听到窗外响起一个声音。

　　"小幸! 小幸! 你在哪里?"

　　是女人的声音。小生以为是喝醉的女性跟一个叫小幸的女性友人走散了,便不予理会,继续工作。

　　"小幸? 你在哪里?"

　　之后,那个女人的声音在窗外持续响了一个小时以上。当小生觉得声音渐行远去之际,没想到又回来了,甚至经过公寓前面。声音的主人一直反复叫着同样的名字。

　　女人的声音中隐含着极度的担心,叫小生开始感到不安了。时间大约是深夜两点左右。小生觉得一个人不可能会花一个小时以上的时间四处寻找喝醉了的女性朋友。

　　小生心想,小幸可能是狗或猫的名字吧? 声音的主人一定是边走边找失踪了的宠物吧?

　　小生对饲主四处寻找失踪宠物而在深夜里来回徘徊的声音产生了同情心。也许该出去帮她一起找才对? 但是已经感染了都市冷漠性情的小生仍然埋首工作。尽管如此,还是忍不住想,声音的主人是个什么样的人呢? 从声音听来,好像是个年轻的女人。年轻的女人一边呼唤着某个名字一边在深夜的街道上徘徊未免太奇怪了，因为她呼唤名字的声调太过执着了。小生也曾经历过心爱的宠物突然失踪之类的事情……

"小幸!"

可是小生又想象着，也许这个小幸是声音主人的女儿或其他什么。是不是女儿小幸到这个时候了还没有回家，所以声音的主人四处找女儿? 这种假设跟声音中隐含的专注与执着的情感吻合。如果这是事实，那就严重了。恰好就是在这阵子，街巷里发生了有人将四个小学女生监禁在自己家里的事件。小生顿时心浮气躁起来，再也没办法工作了。

就在这个时候——

"小幸，原来你在这里啊!"

声音的主人在窗外这样说道。出于偶然的机缘，声音的主人刚好在小生房间正下方跟小幸重逢了。小生终于松了口气，压抑不住好奇心，便来到二楼阳台上往下看。

小生首先看到一名女性的头。虽然只看得到她的后脑勺，不过从服装打扮上来看，好像是一位年轻的小姐。她穿着凉鞋，旁边蹲着一只白色的可爱小猫。猫抬头看着女人，真是可喜可贺。小生在心中这样想着。

"小幸，总算找到你了。"

白色的猫张开嘴巴，对着女人这样说。

小生去拜访角川书店。因为有人要小生去为一些书签名。前往《帆布鞋》①编辑部时，他们拿出哈密瓜招待小生，听说是某位编辑的老家种的哈密瓜。而当这些哈密瓜被分给编辑部人员当点心时，刚好让小生碰上了。小生来得真是时候。

提到哈密瓜，这可是低阶层的人吃不到的高级水果。小生看着送到眼前、被切开的哈密瓜片，不断地颤抖着。带着网状纹路的皮和鲜橙色的果肉，越看越觉得哈密瓜真是气派非凡。

拿起哈密瓜，大口一咬，果实的汁液便溢满口中。真是人类不可不知的终极甜味啊。小生有一种好像做了什么坏事的感觉。大概是因为终于吃到低阶层的人不能吃到的水果的关系吧？小生的身份并没有高到可以大啖哈密瓜这种人间极品。

仔细想想，哈密瓜实在是非常了不起的水果。不知道各位还不记得四年前发生在四国的事件？有一家人为了哈密瓜而起争执，长子忿而拿叉子刺杀了母亲等家人。在那个事件发生一年之前，也曾发生过有人被邻居抢走了获赠的哈密瓜而将之告上法院的事件。因为哈密瓜而引起的纠纷真是不胜枚举。

---

① 日本出版界广为人知的文艺杂志，里面的工作人员都是一些好人，送上来的咖啡也苦得够味，连大楼都闪闪发光，是一间了不起的公司。

各位知道吗? 吃完哈密瓜只剩下外皮的时候,哈密瓜还是有用处的。大概有很多人会把哈密瓜皮当成垃圾丢掉吧? 事实上,哈密瓜皮在不为人知的情况下,被拿来再生利用。全日本的人所吃过的哈密瓜皮会被集中在一个地方,再送到工厂去,里面的工人们仔细地用手指头将外皮上的网状一片片剥下来。这个网状纹路从蒂的方向往下方剥除,就可以很顺利地拿下来。被剥下来的大量网状物经过编织,就成了捕鱼用的渔网。可能很多人都不知道,渔网的材料就是哈密瓜皮上的网状物。小生就这样被以各种形态与人类社会息息相关的哈密瓜的存在方式震慑了。

補記

我住在从东京学艺大学车站徒步几分钟即可到达的地方。搬来东京之后,我体验到各种不同的感动。譬如,这里会上演在其他城市所看不到的全馆联映的电影。涩谷地区的录像带出租店里有其他城市的录像带出租店所没有的宗教电影DVD。最让我感动的是,正如许多故事中所描述的,很多年轻人都怀抱着梦想聚集到东京来。

举例来说,我自从就读爱知县大学就认识了一群独立拍摄电影的人。以前也想过自己来制作一部电影,但是在丰桥,找不到愿意担纲演出的演员。

可是在东京就不一样了。只要前往下北泽,就有很高的概率能遇见为了成为演员而来到东京、因为没有钱而只能在麦当劳打工、深夜窝在六块榻榻米大的狭小公寓里看星探杂志、心中疑问着"这样下去对吗?"的年轻人。他们一心只想磨练演技,愿意不领取酬劳就参加独立电影的拍摄。

东京是有野心的人聚集的场所。有人是因为出生在东京,所以住在东京;也有人是因为公司在东京,所以非得到东京来不可。但是在独立电影相关领域的聚餐中所认识的人,多半都是一些为了实现某种梦想而来东京的人。每次跟这些人接触,我都衷心地希望每个人都能成功。

可是在东京仅仅生活几个月就结束了。这样写，也许会让人以为我在都市里遭遇了什么挫折，其实也不是什么大事。基于许多原因，我只是搬到距离学艺大学车站远一点的地方而已。学艺大学和新家之间只有短短的一段距离，但是这个地区刚好位于县境上，于是我将文章分为东京篇和神奈川篇来写。

"我想在文章与文章之间放进专栏，这是为了让书籍有更丰富的内容。请加油。"

当幻冬舍的编辑讲这种话时，我心知不妙。如果没搬到神奈川去，就可以减少一个章节，非写不可的专栏也可以跟着减少一个。

总之，我离开了东京，搬到相邻的神奈川县。但是变化并不像从丰桥搬到东京那么大，想租录像带时，一样到涩谷的录像带出租店去。对了，涩谷的录像带出租店里的唱片出租专区摆放着由我负责撰写剧本的唱片《只有你听得见》，一般的店里是没有的。大都市的录影带出租店连这种东西都摆，真是服了他们。

第三部

随波逐流神奈川篇

最近觉得写日记好麻烦。这就是小生一切顺遂的证据,因为这正代表小生放在工作上的精力比放在日记上的多。

从七月底开始就不断发生有趣的事情,可是现在不是写哈密瓜之类的事情的时候;把这件事进行加工,写得有趣些,登在日记上,似乎又太费周章了。

以简单的方式来记述发生了什么事情。大致上说来,就是搬家的事情。之前小生一直住在东京市的目黑区,但是现在已经成了神奈川县的居民。这可不是一件容易的事。因为有这样的状况,所以把各式各样杂志寄送到小生家的各家出版社,请暂时停止杂志的配送。

话又说回来,搬家的过程中夹杂了一出又一出的悲喜剧,沙发少年就是一个例子。这个少年是身穿睡衣、大约五岁左右的孩子,肤色白皙,个头非常小,有一头柔软的头发,总是坐在沙发上晃着两条腿。当沙发被送到目黑区的家时,他就坐在上头。送货的人好像都没有注意到这个孩子,把沙发放到小生的房子里之后,他们就立刻走人了。

就这样,不知不觉地,少年就留在小生家里了。少年什么话都不说,小生从来没听他发出过声音。可是当小生回家时,坐在沙发上的少年会回头露出开朗的表情。

少年经常坐着的沙发是三人座的。他总是随时出现在右边或左边,要不就是中间的位置上。因此当家里来了大批客人时,可就有得瞧了。不知道为什么,客人好像都看不到少年的身影。少年明明坐在那边,他们却企图往他身上坐下去,于是少年便露出惊慌失措的表情。小生看不过去,便对客人说:"对不起,不能坐这里。"请客人站起来。客人露出一脸"为什么不能坐? 这里不是空着吗?"的表情。可是小生没办法清楚说明少年的事情,总之,就是要客人站着。

　　小生突然决定搬家,必须确定新居的布置。但是新房子里面没有摆放沙发的空间。小生犹疑了一阵子之后,决定听从朋友的建议,将沙发再度卖给环保家具店。

　　环保家具店的两名店员是在七月底的某天到家里来搬沙发的。当店员抬起沙发正待搬出房间时,少年仍坐在上头。他回头看着小生,挥着他那小小白白的手道"再见"。小生心想,少年坐着的沙发搬回环保家具店里之后会被别人买走吧?

8月11日

最近小生有严重的腰痛问题。要说有多严重,就是只要小生蹲下来想捡东西,腰就会发出痛苦的叫声。那可不是普通的叫声,说得明确一点儿,小生觉得那更接近一种惨叫,而且是年轻女性的惨叫声。每次小生一蹲下来,腰就发出惨叫,这实在是一件很麻烦的事情。

今天小生心念一转,前往医院看病。因为腰痛得太严重了,小生甚至怀疑"也许是罹患了癌症"。照过 X 光之后,医生说:"原因在于 OL(白领女性)。"小生不是很清楚那是什么东西,只能恳求医生:"请立刻帮我治好,否则我没办法工作。"

医生让小生躺到病床上做局部麻醉,用手术刀切开了小生腰部的皮肤。虽然不觉得痛,但是之前一直从腰部传来的惨叫声突然变得更大声了。

小生觉得很恐怖,扭转脖子,战战兢兢地看着医生的手。医生用小镊子从小生被手术刀划开的腰部夹起了一样东西,看起来像是一个二十五岁以上的 OL。

动过手术之后,蹲踞的时候腰就不再惨叫了。小生这才终于了解,那个惨叫声果然来自住在小生腰部的 OL。

8 月 15 日

盂兰盆节的假日,小生还是在工作,这是小生第一次没有在福冈的老家过盂兰盆节。小生的老家在农村,每到盂兰盆节或正月的时候,就会有一大群亲戚聚集到家里来,大家痛快地吃摆放在客厅里的丰盛料理。因此每年的这个时候,小生应该都是在众多亲戚的围绕下度过的,而且他们也应该会对小生投以哀怜的眼神。

"这里有一个不去找个正经工作的没出息的孩子。"

"不行,得用温和的眼神看他才行。"

那些伯母阿姨们总会低声地这样交谈着。

在所有人之中,拥有定期阅读铅字习惯的人少之又少。就算是在号称产业大国的日本国内,在乡下角落里生活的人们也鲜少会看书。因此,靠着写小说挣一点儿小钱的小生,对那些婆婆妈妈的亲戚而言,无疑是一个莫名其妙的无业游民。

"宽高①什么时候找个工作做?"

"宽高现在没工作吗?"

每当和亲戚们吃饭时,小生就会被叔叔舅舅们这样质问。顺便

---

① 笔者的本名,乙一是笔名。之所以用笔名写小说,是因为不想让学校的同学知道。现在已经毕业了,已经没有必要再用笔名四处活动了,所以今后会用本名出书,请各位多多指教。

148

告诉各位一下,宽高是小生的本名。

听到叔叔舅舅们这样说,那些婆婆妈妈们就会用手肘戳戳他们的肚子,叫他们闭嘴。

"别问宽高这种问题。"

姐姐很早就出嫁了。本来小生应该继承家业,在盂兰盆节或正月的时候料理所有的事务才对。小生应该为来家里的亲戚们一个一个倒啤酒、聊天寒暄才对。

小生不想在老家生活的理由就在这里。就农村组织的关系来说,每户人家都得加入消防队什么的才行,必须跟附近的人喝个小酒什么的。偏偏小生是一个不适合类似的体育协会聚会活动的人,可能会因为神经衰弱而上吊自杀,所以小生选择独自生活。

但是内心深处经常对老家怀有一种罪恶感。目前老家只有父母和祖母住着,曾经是小生唯一的朋友的那条狗也前往天国旅行了。听说嫁到邻镇的姐姐经常带着孩子回家探亲,不过那么大的房子只住着三个人似乎太过寂寥了。要是身为长子的小生不回老家的话,曾经度过童年的那栋房子将来会变成什么样子啊?这是小生经常在想的问题。因为小生住在东京之类的都市地区,福冈的老家正濒临破败的危机,小生对父母实在很过意不去。

8 月 17 日

　　我前往漫画店去看《哆啦 A 梦》。看过第一本之后,发现一件让人感到意外的事情。哆啦 A 梦对大雄说的第一句话竟然是带有"你会上吊死亡"意味的台词。第二句话则是带有"你会被火烧死"意味的台词。原来刚出场时,哆啦 A 梦是一个宣告死亡的机器人。指数 67①。

---

　　① "指数",代表听到无聊知识时的关心程度,在塔摩利先生(日本知名电视主持人)的节目中很流行。

八月份没写几天日记,休息了不少天,小生实在觉得很过意不去。为什么这个月写得这么少呢?事实上是因为小生太忙了,要做的事情太多。举例来说,得看《哆啦A梦》,得清理撒在桌上的调味料,得烦恼要买多少公尺的扩音器电线才好。在忙这些事情的同时,还得继续保持工作进度。可是在这种时候,小生实在不想提及工作的事情,所以先行省略。

话又说回来,本月没写到的事情好多,在此顺便记述一下。

忘记是哪天,小生去下北泽一间电影院观看了由认识的独立电影导演所拍的电影。这位导演是山冈先生,所拍摄的电影都是在描述一些无可救药的人的故事,曾经得到不少奖项。电影上映之后,不知道为什么,小生竟然参加了他们的聚餐。在那次聚餐上,也不知道为什么,所有男性都在展示自己的胸毛和腋毛。

忘记是哪天,赖在小生家中的男人做了鳗鱼盖饭给小生吃,可是小生家没有饭锅,只好用锅子煮饭。煮出来的米饭虽然硬了些,不过还是很好吃。后来到外头散步,竟然碰到了盂兰盆舞大会,小生也跟着跳了。

忘记是哪天,小生无意中在"自由之丘站"下了电车,但是小生不知道那里有什么商店,于是在车站前的圆环绕了一圈就回家了。

忘记是哪天,小生接下了《达·芬奇》杂志①的企划工作,这个企划的内容是跟某企业合作写些短文。主题是已经设定好的,写出来的必须是一些温暖人心的短文。因为背后有企业在监控着,所以万一写了太奇怪的东西,应该会被送进毒气室。

小生非常慎重地遣词用字来写文章,目标是写出能让读者的心灵获得净化、带有神秘气息的内容。可是不知道为什么,完成的文章当中竟然掺杂了一大堆诸如"上吊""不知道哪天去树海会比较好""那个人把关于刑罚的书籍借给我"之类的文字。在不知不觉中,手指头就擅自敲下键盘了。小生大感惊讶。

在写这篇日记时,某企业方面还没有通知我,那篇短文究竟是"通过"还是"出局"。

忘记是哪天,有人交给我为沙藤一树老师的书撰写腰封文案的工作。在接到这个工作的前不久,小生刚好跟朋友强力推荐沙藤老师的《D—桥·卡带(D—Bridge·tape)》。时机真是太绝妙了。

小生比大家都抢先一步看过沙藤老师的新作品《爱丽丝梦游仙境》(暂译)。但是小生知道,撰写腰封文案是一个非常大的责任。这是小生头一遭用心思索着如何撰写腰封的文案。这一次小生告诉自己,万万不能像接下《达·芬奇》的合作企划时那样写些"粉身碎骨"或"搞鬼"之类的文字。

----

① 以爱书人为对象所出版的优质杂志。年底的特集以"明年可望出头的作家"为主题,笔者的名字也名列其中。很抱歉,笔者并没有那样过人的未来。

152

小生订购的扬声器送来了。之前一直都用小型扬声器来听音乐或观赏影片，但是小生觉得那样是不行的。身为男子汉大丈夫，应该用音效足以撼动腹部的器材才行。

所以最近小生针对音响作了一番调查。音响的世界着实深奥无比，而且了解得越多，越知道这是一个必须投入大量金钱的世界。小生选了一个不会成为无谓浪费的扬声器。小生觉得"价格.com"真是一个理想的网站。

就这样，安装好扬声器之后，小生先试着用来聆听音乐。腹部果然有"咚咚咚"的感觉。不管小生如何努力地防御，勾拳和摆拳还是会穿过隙缝直击而来。待音乐停止时，小生已经化成一堆纯白色的骨灰。

第二回合是影片欣赏。刚好 WOWOW 台正在播放《回到未来》①，小生看了一会儿片子。阳台上的天线捕捉到了来自宇宙投射下来的 AAC 信号，信号透过数码电视进入扩音器，经过解读之后，传送到五个扬声器和一个低音喇叭里。

用新买的扩音器聆听《回到未来》，音效相当震撼。开场有一幕

---

① 全世界第二有趣的电影。最有名的电影是《橡皮头》（*Eraserhead*，美国导演大卫·林奇 1977 年的作品）。

153

主角遭枪击的画面,用新买的扬声器听来,那一幕足以跟《拯救大兵雷恩》的开头二十分钟相匹敌。

搭乘德劳瑞思(Delorean,美国汽车制造公司,其制造的车子通称此名)进行时空跳跃时那一瞬间的音效也很惊人。电影中,主角只是回到三十年前而已,但是用新买的扬声器听起来,声音就好像回到公元前一样逼真。

最后一幕产生雷鸣时,小生还以为真的打雷了,甚至打开窗户查看外头的情况。外头是一片晴朗的天空。小生这才了解到"啊,原来是电影中的音效啊"。

小生正大玩特玩扬声器时,收到姐姐寄来的邮件。

"我梦到你死了,还活着吗?"上头这样写着。

过了不久,小生就看到查尔斯·布朗逊①死亡的报道。提起布朗森,就是那个布朗森,男人中的男人。姐姐大概在梦中错把布朗森当成小生了吧?尽管小生也很有男人味,但被这样误解还是会很难为情的。

朋友传来的短信中写着"布朗逊死了,备受打击之夜"。真是有趣。

---

① 外国的演员,笔者记得他经常出现在充满暴力色彩的警察电影中。

傍晚,小生正在工作时,朋友打电话来。

"现在我人在公司。东京下好大的雨,好像刮台风。你那边怎样?"

小生住在神奈川,非常靠近东京的地方。虽然没有下雨,但是打开窗户时,可以看到东边的天空阴沉沉的,每隔五秒钟左右就打一次雷。

小生停下工作,将椅子移到窗边,打电话叫出几个住在附近的朋友,一边喝酒一边观赏雷电。

"刚刚那个的形状很漂亮。"

"嗯,好像特殊效果。"

"啊,刚刚那个落到上司家附近了。真希望现在他的房子烧起来了。"

小生和朋友们一边抬头看着天空,一边感叹大自然的神奇。

155

9月4日

　　小生想吃回转寿司,便骑着自行车外出。看到旋转寿司店前面
排了一长串的人龙,立刻打消念头,觉得吃什么都无所谓了。

　　寿司店旁边有一家散发着寂寥味道的平价餐厅。小生走进去,
店里有汤吧和沙拉吧,还有饮料吧。只要点套餐,就可以无限享用
蔬菜。

　　最近小生的蔬菜摄取量略嫌不足,如果多吃一点高丽菜或小黄
瓜的话,应该就不会感冒、不会腰痛,更不会将调味料弄撒在桌上了
吧? 而且刚写好的小说不会被作废,也不会因为忘了回收日期而被
迫要跟垃圾共同生活一阵子了吧? 最近发生在小生身上的坏事一定
都是因为少吃了蔬菜。小生心想,终于可以跟那种生活说"再见"了,
于是便跟店员点了可以吃各种吧的套餐。

　　小生尽情地摄取蔬菜。吃完之后,觉得各种维生素都被吸收进
身体里了。小生心想,这么一来,所有的事情应该都会好转才对。

　　走出店门到外头一看,自行车还在停车场,之所以没被偷,一定
是吃了蔬菜的关系。踩着自行车回家的途中,好几次都跟卡车擦身
而过。奇迹似的,小生并没有发生任何事故,也没有任何地方骨折,

仍然保全了健全的躯体,这一定也是因为摄取了蔬菜的缘故。回到家打开电视一看,画面中出现了一些爆笑话题,小生看得乐不可支。心想,这全是拜维生素之赐。小生不禁感到惊讶,原来蔬菜这种东西竟有这么强大的功效。

9月6日

　　大学时的朋友 N 打电话来。我们谈起各自的近况、读书感想以及电影观后感,也针对职业、政治、经济、艺术、哲学等方面的话题聊了一阵子。

　　"最近有什么值得一听的音乐?"N 这样问我。于是小生便告诉他,"西贝柳斯①挺不错的。"提到古典音乐的话题,就莫名地觉得气质好像提升了不少。推荐西贝柳斯的小生在 N 的心中一定被认定是一个"知性的人"。作战成功。

---

　　①　作曲家,定金伸治老师好像很喜欢他。

小生前往六本木去跟某位编辑见面,距离约定的时间还有几个小时,本来想到六本本山去看看,但是又不想去那么华丽的景点,于是便打算去冰淇淋店打发两个半小时。坐了十分钟左右,冰就吃完了,之后小生一直在冥想。脑子里想了很多事,譬如想着"人类该怎么做才能过得幸福"之类的崇高问题。

和编辑在店里会合,吃了饭。小生隔了好一阵子,总算接到了工作,小生必须在后年夏天之前写完两百五十张稿纸。说到这里,小生最近相继婉拒了小说杂志的工作邀约,对各位编辑真是感到抱歉。并不是被出版社收买了,之所以婉拒,是出自小生个人的意思。

回家后,听朋友提到手指头的事情。昭和时代好像曾经有人在商店购买可乐饼,结果发现饼里面竟然包了人的手指头;另外,最近好像还听说有人吃便利商店的饭团时,觉得口感不对,吐出来一看,竟然有指尖从口中跑出来。小生也觉得吃饭团时要小心些。

新闻报道说,普利司通(Bridgestone,日本轮胎制造公司)的工厂发生火灾,听说附近的居民都被遣散了。小生的父亲也在普利司通公司工作,所以不能不关心。

9 月 10 日

　我去参加电影的试映会,然后前往角川书店拿读者来信,随后前往新宿跟几个人一起吃晚饭。饭后跟大家分道扬镳,走进漫画店。看完《月之子》(作者为清水玲子)之后,慢跑回家。跑着跑着,想起关于"波与粒子"的种种事情。

　　这十天里发生了许多事。其中,造成巨大影响的是发生在十二日的事。九月十二日在池袋一家叫"淳久堂"的书店有一场泷本龙彦①老师的演讲活动。不知道为什么,小生也在场。不知道为什么,佐藤友哉老师②和西尾维新老师③也在场。不知道为什么,小生在东急手创馆买了电灯泡和插座,打算回家把家里的灯泡替换下来。可是不知道为什么,小生竟然对泷本老师说"这是伴手礼",把那些电灯泡送给他之后就走了。后来不知道为什么,竟然跟佐藤老师和西尾

---

①②③　都是小说家。笔者自认为和这三位作家的关系都算亲密,却几乎没有私底下聚会过,也完全没有邮件往来,仅接到过泷本老师打来一次电话,而且他是来向小生下一道"有联谊活动"的让人难以置信的召集令。笔者当然没有参加过什么联谊活动,但是又不能不战而降,于是答应参加。男性成员有泷本、佐藤、西尾,还有笔者。笔者之前写这个注脚的时候是在联谊活动的一个星期之前。为备战起见,笔者想去租借淳制作公司的电影《东京倾情男女》(Go-Con!),想来个临阵磨枪,可是在涩谷的出租店里找不到,笔者也提不起勇气要店员帮忙找,只好放弃了。看到这篇日记的录影带出租店请务必在货架上摆放这部片子。笔者后来买了名叫"主持王零士"的人所写的一本《主持王所传授的心理战术》来看。这么一来,应该没什么问题了。笔者打算在联谊期间不知道该讲什么话时就翻开本书,回想主持王所说的话……写完这个注脚之后过了两个星期,正值出版前的校对阶段,本章要定稿了。联谊活动结束了,笔者留下了微笑和心理创伤。以下让笔者简单地作个报告吧。前来参加联谊的女性成员当中有岛本理生小姐。谈到老电影的话题是唯一正面的记忆,随后便是一连串的:佐藤老师在聊天中说起了北海道的坏话,当知道坐在旁边的女孩子来自北海道之后,立刻改口说北海道是个好地方;泷本老师问女孩子:"你对喜欢《新世纪福音战士》游戏的男生有什么看法?"西尾老师则谈到如何快速有效地处死老鼠。当有(转下页)

161

老师等人一起去烧肉店。在烧肉店里,不知道为什么,西尾老师给了我魔方。又听说佐藤老师次日要举办签名会,可是不知道为什么,他竟然畅饮到天亮。

(接上页)人问笔者"如果要跟女孩子约会,会带她去什么地方"时,笔者回答"漫画店"。本来在这些男性成员当中就没有人参加过联谊活动,笔者不敢断定自己参加的这个聚会是真正的联谊活动。"这就是联谊吗?""我现在正在进行联谊活动吗?"笔者觉得好像心里抱着这种疑问在作戏似的。前来参加的女孩子当中有人说"这种活动不算是联谊",她说:"真正的联谊活动,男女是不会分开来坐的,而是交叉坐在一起。"笔者等人怀疑:真正的联谊活动的日子究竟会不会到来呢? 打完仗已经是深夜时分,笔者等人搭出租车回家,回程时笔者跟泷本老师搭一辆出租车。笔者记得我们聊的尽是"明天开始得努力工作了""说的也是"之类的话。

我在老家福冈写文章。妈妈今天住院了,因为脚上长了一个良性肿瘤,必须动手术切除。"孩子难得回家,我却得去住院,真是的。"她一边嘟囔着一边被送进医院。

中午,一个叫水叶的外甥女到老家来拜访。这名女性从降生到这个世界至本月为止大约有十个月。她在厨房的地板上爬了一阵子之后就回去了。

话又说回来,自从回老家探亲以来,我每天过着工作、看书、玩《游戏男孩》、用 PS 打《最终幻想战略版》的日子。顶多只在早上到外头去慢跑一下。我心想,其实应该去偷辆摩托车到路上去飙车,应该干些不好的事情才对。

9月23日

因为妈妈住院的关系,家里只剩下爸爸跟奶奶。小生想暂停工作,便请爸爸开车载小生到一些地方去逛逛。

福冈的久留米市好像盖了一间被称为"梦之城"的大型购物中心,我们决定前往该处。一看,发现"梦之城"不是普通的"梦之城",正式的名称应该是"YOU・ME"城(日文的"梦",发音是 yume,与"YOU・ME"同音)。

话又说回来,梦之城可真是大得吓人啊,就像电影《僵尸》里面的购物中心那么惊人。立体停车场像吸尘器一样将车子吸进去收纳起来。方圆数公里都以这座巨大的购物中心为中心,像核弹的爆炸中心地一样,全都晕染着梦之城的色彩。距离梦之城十公里远的地方就有梦之城的招牌了,走在路上的人们都穿着印有"YOU"或者"ME"的 T 恤。

梦之城里面设有玩具专区。小生专注地看着那些玩具,想帮外甥女水叶买些什么东西。但是心里一点概念都没有,不知如何是好。小生无法想象出生还不满一年的她会喜欢什么,而且买的东西也得考虑到她的安全。

给她小的东西,怕她会整个吞下去,所以不能考虑蚂蚁模型;给她尖锐的东西,可能会戳进眼睛造成失明,所以也不能买钢弹的塑胶模型;如果给她会弹跳的东西,她一定会追着跑,跑到外头的路上而发生事故,所以也不能给她买球;给她买会发声的玩具,日后她的音乐才能就会开花结果,到国外去举行公演,然后一定会嗑药上瘾,最后孤独地死去,所以还是不买为妙;如果买可爱的绒毛玩具给她,长大后会成为一个交不到朋友的外甥女,会深信绒毛玩具是活的,那么当家里发生火灾时,她会为了救绒毛玩具而回到屋里,结果再也没有出来,所以也不予以考虑。小生一筹莫展,最后只好帮外甥女买了一只爱马仕手提包,然后离开梦之城。

9月24日

今天是妈妈动手术的日子。早上八点,坐上爸爸的车前往久留米大学医院,奶奶也同行。久留米医院是小生很熟悉的地方。小生非常喜欢医院老旧的建筑,当小说中有医院出现时,经常会想象成这个地方的模样。

来到妈妈的病房,只见 M 阿姨已经来了。妈妈朋子是五个姐妹中的长女,底下有四个妹妹。小生等人抵达病房之后不久,Y 阿姨就跑来了。然后妈妈被推进手术室。在手术结束之前,我们必须在等候室里等上两个小时左右。为了有效地活用这段时间,小生前往久留米高专。

久留米高专就是久留米工业高等专门学校的简称,隔着筑后川,和妈妈动手术的大学医院对望。小生在这所学校念了五年。

好久没在高专校园内四处闲晃了,很多东西都变了样。小生以前就读的材料工学教学大楼竟然变成了非常现代化的模样。小生擅自走进以前经常切割金属块的实验大楼,闻闻里面空气的味道。前往图书馆的路上,看到一位眼熟的老师正和学生讲话。小生假装不认识,擦身而过,事实上他是以前教小生物理的老师。到图书馆一看,发现竟然有以前午休时间经常阅读的吉本芭娜娜老师的书。正当小生沉浸于往日情怀之中时,赫然发现书架上也摆着小生的书,顿

166

时手足无措,赶紧逃了出去。

离开久留米高专回到医院,玩《游戏男孩》打发时间。后来妈妈动完手术,被送往某个地方。小生和爸爸、奶奶及两位阿姨一起听医生的说明。医生说妈妈的病名叫良性肿瘤,手术非常成功,不会有什么问题。

之后众人离开医院,一起去吃晚饭,选的是一家日本料理店。服务生送来茶碗蒸,奶奶将它递给小生。小生最爱吃茶碗蒸了,每次回老家,家人就会做茶碗蒸。吃过店里的茶碗蒸之后,爸爸在小生耳边小声说:"奶奶做的茶碗蒸更好吃。"小生也正这样想着。

小生拔掉了智齿。嘴巴右后方长出了智齿,痛得让小生受不了。在忍无可忍的情况下,小生到老家附近的牙科医院去。这是小生头一次拔智齿。只拔一颗牙,应该不会太痛吧? 小生这样想。也想过或许会因为太过疼痛而一边流口水一边痛苦地挣扎而死。小生很后悔没有写遗书就来到牙科医院。

牙科医院里,有人叫了小生的名字,于是小生抱着上死刑台的心情坐到诊疗台上。

"结束了,这是拔掉的智齿。"

牙医递给我一颗杏仁般大的牙齿,小生见状大吃一惊。小生根本没有意识到牙齿什么时候被拔掉了。

"好厉害! 一点都不痛!"

小生说道，牙医微微地笑着。

"因为帮你打了麻药。现代医学已经非常进步了。对了，我也顺便帮你治了蛀牙。"

牙医把一面小镜子拿到小生面前，说道。小生看着镜子里的蛀牙，发现确实有治疗过的迹象。

"好厉害！没有听到电钻的声音！"

"这是现代医学厉害的地方，现在连那种令人讨厌的电钻声都没有了。另外我也顺便帮你剃了胡子。"

小生摸了摸下巴，发现肌肤在不知不觉当中变得光滑了。

"医生，你是神吗?!"

"不，是现代医学太厉害了。"

牙医很谦虚地这样说道。小生深刻地体会到自己之前是多么地轻视现代医学。

姐姐跟她的女儿，加上小生，还有奶奶一行四人前往久留米大学医院，去探望妈妈。

坐在姐姐的车上时，我用手机的照相功能帮坐在儿童座椅上、出生才十个月大的外甥女拍照，然后将这个影像传送给责任编辑和相关人员等。

探望了妈妈之后，我们顺道去超市买了梨子和做茶碗蒸的材料。小生隔了两天之后离开老家，再度回到神奈川的公寓。回来之前，奶奶又帮我做了一次茶碗蒸,但更重要的东西是梨子。

　　小生很喜欢吃二十世纪梨,只要摆到桌上,小生就可以不停地吃。梨子是一种很不可思议的水果。要是有一个叫《水果前十名排行榜》的电视节目的话,在小生心中,梨子是唯一的第一名。但是小生觉得现在的梨子好像没有苹果或香蕉那么有名气,好像已经不是"王道"了。如果跟别人说"我喜欢吃梨子",对方好像会回答"啊,是吗?嗯"。这就是所谓的"欠缺领袖人物的超凡魅力"吗?或者是梨子一旦成名后就会失去那种水嫩感了?所以,梨子才刻意不让自己成名而只是扮演配角的角色?回家之后,被奶奶削了皮的梨子被放进之前盛放明太子的保鲜罐中,于是梨子稍微地带有了明太子的味道。

10月6日

　　小生已经离开福冈老家,回到神奈川县一室一厅一厨卫(1LDK)的公寓里,这是一次愉快的回乡探亲之旅。离开老家时,小生偷偷地拿走了放在起居室里的外甥女照片。现在老家那边可能正为了外甥女相片失踪而产生大骚动吧?

　　回到神奈川县之后继续工作,花了五天的时间,终于把角川书店的书写完了。现在编辑正在阅读,会不会被当作废纸丢掉尚不得而知,真想赶快听到编辑的感想。在这种生杀大权被掌握在别人手中的状态下,小生无法静下心来做任何事。

　　那本刚写好的短篇小说中的女主角被电车碾过,只剩下手指头,所以小生满脑子都是手指头的影像。只剩下手指头的肉体出乎意料地方便,不但可以做指纹比对来确认身份,而且可以用来按下核子武器的按钮,说起来应该还不错吧? 没有指头以外的部分,就代表大腿不会再被蚊子叮咬,也不会长什么智齿了。手指头还可以敲打键盘,所以不会对工作造成阻碍。小生希望哪一天也能成为一个只剩下手指头的人。

　　早上起床之后发现右眼肿了起来,还带着一种奇怪的疼痛感,连想将眼睛睁开都觉得很困难。照镜子之后发现,右边的脸整个肿胀了起来。我想这一定是长了针眼,便到眼科去。在眼科动了手术之后,带了机械眼球回家。现在,由眼球射出的X光线让我可以透视人体,连骨头都看得一清二楚。真是可喜可贺。

10 月 14 日

　　小生一直待在一家叫"巴米扬"（Bamiyan）①的平价餐厅里。自从昨天点了饮料吧之后，就没有走出去过一步。卡路里全靠可口可乐和威士忌来摄取，所以不会有问题。

　　加上今天在内，这两天里，小生都在笔记本电脑上写着小说的情节构思。在威士忌的熏染之下，笔记本有了甜甜的味道。连续两天没洗澡，不只是笔记型电脑，连小生的身体都有奇怪的味道了，服务生也三不五时地盯着小生看。小生虽然发过誓，不把情节完成绝对不走出店门，但还是受不了别人异样的眼光，飞奔离开了"巴米扬"。

---

① 逐渐成为笔者的工作间，如果有全年通行证就好了。

172

通过某个朋友传来的邮件,小生得知在卓别林电影《从军记》中出演男孩的童星事实上是一个女孩子。小生备受打击而夜不成寐。

在睡眠不足的情况下,于早晨醒来,前往讲谈社①。这是小生第一次走进讲谈社内部,建筑物非常壮观,大厅里有庭院,听说一到晚上还会放养长颈鹿。这是 J 先生说的,小生觉得铁定错不了。

小生参观了《浮士德》(Faust)杂志编辑部,跟大学研究室很像。小生拿到了奈须蘑菇老师所写的《空之境界》,之后又被请吃了顿晚餐,这是按照惯例喂食的模式。在晚餐席上,小生听到了许多有趣的话题。

听说拿到梅菲斯特奖之后不会有战利品,但是会获得福尔摩斯像。这个福尔摩斯像,好像是在伦敦的夏洛克·福尔摩斯博物馆里贩售的纪念品,只要花几美金就可以在商店里买到。

这个东西怎么会成为梅菲斯特奖的奖品呢?

事情发生在梅菲斯特奖刚刚成立时,当时讲谈社的某编辑和某作家一起拜访了福尔摩斯博物馆。

"得奖者没有任何奖品的话,好像有点可怜,那么就拿这个当战

---

① 因为"讲谈社小说"而广为人知、背负着出版界未来重担的优质公司,出版的书籍都充满了知性色彩,而且饶富趣味,连前台的姐姐都亲切又可爱。

利品，如何?"

那个作家这样说，然后无意中拿起摆放在店里的福尔摩斯像。

据说拜此之赐，梅菲斯特奖的得奖者都获赠福尔摩斯像。听说讲谈社的人每次前往伦敦，就会去福尔摩斯博物馆一次性买回来很多囤积着；另外听说，选择福尔摩斯像当作奖品的那个作家就是田中芳树老师。

小生听着这些趣闻，被喂饱了饵食之后，随即被带往新宿。在新宿和佐藤友哉、西尾维新、泷本龙彦等成员会合。敬语就省了。看到这些骇人的成员，小生备受打击，又将夜不成寐。

小生等人被带往能吃到沙丁鱼的店里，大家又一起被喂食，随后又被带到酒馆，饵食的内容又被强化了。就这样，一干人等就被洗脑了："在那边好好工作的话，就可以吃到好吃的东西哦。"小生一直竖耳倾听大家的谈话内容。

西尾老师给了小生魔方①。不知道为什么，每次见面，他总给小生魔方。小生怀疑他是在传递某种讯息。

----

① 到目前为止已经拿两个了。顺便告诉各位读者，笔者每次一玩魔方，就会发烧卧床不起。

174

　　朋友给了小生"缠在脚踝上的秤锤",单个重达 2.5 公斤。绑到脚上之后,体重足足增加 5 公斤之多。这个作战目的是:平时缠上秤锤生活,等到哪天卸下秤锤时,就可以像超人一般轻巧活动了,跟龟仙人的壳一样。这个东西经常在 JUMP 杂志的封底刊登邮购广告。小生经常在想:这到底是什么东西? 这是小生第一次使用实物。

　　小生立刻将秤锤缠到脚上,开始过生活。可是两条腿好沉重,做什么事情都嫌麻烦,因此小生决定尽量不活动。一有机会走到冰箱前面时,就会两手抱满食物回到电脑前面,省去再度走到冰箱前的步骤。因为无法动弹,连电话响了也没办法去接。

　　持续过了几天这样的生活之后,开始觉得身体变得迟钝了。这样一来,根本没办法完成足够的运动量。不得已之下,小生只有当坐在电脑前面时才将秤锤缠在腿上,站起来活动时就将之卸下,这样一来就轻松多了。

10 月 21 日

　　小生二十五岁了。小生在电视机前看着《时光机器》①的时候，不知不觉就二十五岁了。

　　如果四舍五入的话，就三十岁了。小生备受打击而夜不成寐。

_____

　　① 小生对最后出现在画面上、被坏人占据的城堡设计有点意见。

176

　　小生家终于送来了热水瓶和电饭锅,之前小生一直过着没有这两样东西的生活。没有热水瓶的生活实在太糟糕了,非得用水将咖啡溶解之后才能冲泡。喝下去时,喉头处总会有卡住咖啡粉末的感觉。

　　可是热水瓶真是了不起的东西,太可怕的文明利器。只要把水加进去,永远都可以保持热水的状态。热水瓶这家伙是用什么时间来睡觉的? 还有,为什么水会保持为热水呢? 难不成热水瓶的体内安装有原子炉吗? 总之,小生对热水瓶佩服得五体投地。

　　至于电饭锅。

　　小生想把存放了半年的米放进电锅里时,发现米中出现无数的小虫尸体,那些虫子不知是从什么时候冒出来的。小生备受打击,夜不成寐。

10月26日

　　朋友的姐姐参加了戏剧的演出,因此小生决定到目白去看看。下午五点,和朋友在目白车站会合。我们一边聊着天一边走向剧场。

　　说实话,还没到约定碰面的时间之前,小生入侵了一所陌生的大学。

　　小生的嗜好就是擅自进入陌生的大学去散步。偷偷潜入大学是一件很愉快的事情,明明不是里面的学生,却佯装是。然后到处看看邀约学生参加社团活动的宣传看板,时而会走到社团活动室说"我想入社"。社团成员喜出望外,以咖啡盛情招待,小生便留下假名和假科系,之后速速离去。时而会出乎意外地和社员对话,并多次以假名前往社团活动室。

　　那是几个月前的事情了,小生在东京某大学的文艺社故技重施。小生随便掰了个名字,和社员们聊得很愉快。于是在无意中,每次小生来到这所大学的附近时都会到社团活动室去露露脸,厚颜地跟大家聊天。大家对小生是该大学的学生一事不疑有他。曾经有学长说:"你老是自称'小生',跟小说家似的。"后来小生跟大家一起创作了同人志,当时花了三天所写的短篇故事获得众人的好评。短篇故事的名称是《F先生的口袋》,故事内容是女高中生捡到了被风吹来的四次元袋子。

178

做完同人志之后，小生觉得不能再这样一直骗下去了，便不再佯装是社员，也不再去那所大学了。小生有时候会想，当时认识的文艺社员们现在是否安好？

10 月 30 日

小生前往表参道，观赏法国香堤偶剧团（Compagnie Philippe Genty，1968 年创立的法国剧团）的戏剧。那是一出木偶剧，内容很有趣。小生不知道该如何说明木偶剧，所以暂且放弃说明。

之后小生到咖啡馆吃水果馅饼。小生莫名地很喜欢菜单上取名为"方格"的水果馅饼，感觉好像冲方丁老师①的书中曾经出现这么响亮的名字。于是回家一查，发现冲方老师所写的书《再见，地球》中那个叫"饥饿同盟"的组织(?)的大楼就叫"方格水果馅饼"。原来是糕点的名字啊？小生备受打击而夜不成寐。

---

① 以《壳中少女：压缩》获得科幻大奖的小说家，开展了将漫画家助理制度导入小说中的计划。当时笔者想过：不知道能不能担任冲方老师的助理？

十一月前半的事情潦草交代了事。

- 看了《野兽当死》(*The Beast Must Die*)的 DVD。内容很有趣，跟小生预期的不一样，充满了魄力，让人鸡皮疙瘩都起来了。松田先生真是了不起，稳坐小生的电影排行榜第四名。

- 右手臂上长出疙瘩，形成了一大颗的疣。小生前往医院请医生将之切除。医生只切开一点皮肤，里面的脓就泉涌而出。好痛。

- 和泷本龙彦老师对谈，之后一头栽进烧肉店。走到店门前时，角川书店的编辑打电话来，说大阪杀人凶手(的女朋友?)的书架上好像有小生所写的书。小生虽然备受打击，但是吃下烧肉之后，精神就恢复了正常。

- 烧肉店的老板是个很会说话的人。这家店的吃法是拿肉沾芥末。小生在店里听到了泷本老师今后将展开的《超人计划》，其宏大的规模让小生大感惊愕。另外，泷本老师也已经看了山本弘老师所写的《众神不沉默》(暂译)。

- 早上一边慢跑一边想着杀人凶手(的女朋友?)的书架上有小生所写的书一事。老实说，那本书就是描写杀人、名为《GOTH 断掌事件》的书。小生需要认真想想《GOTH 断掌事件》在犯人实施杀人行为的整个过程中造成了何等程度的影响。如果他没看过,是否就不会杀人?或者就算不看,他还是会杀人?小生认为此书造成的影响应该是微乎其微的,尽管如此,或许也导致犯人犯下罪行的概上升了一点。小生万万不能说完全没有关系,但也不能说是自己造成的。小生的立场简直微妙至极。

• 小生想到被杀的人多么痛苦。到医院切除疣那种程度已经够痛了,痛得几乎要冷汗直冒,那么被杀时的痛楚一定不只是冒冷汗。小生实在不喜欢这样。事实上,小生在小说中几乎没有对"疼痛"的描述。小生避开了这一部分。小生把没有有痛感的人设定为主角,创造了不让人感受到疼痛的杀人者,避开了血腥残忍的描述。小生也试着揣测:也许这是非常不智的做法。

• 小生和冲方丁老师等人约好在巨石像前碰面。一行人走进"雷诺阿"(Renoir)咖啡馆。东京到处都是名为雷诺阿的咖啡馆。第一次到东京来时,小生着实大吃一惊。心想:"东京人都喜欢雷诺阿的画吗?"现在已经习惯了,所以不再去想这个问题。

• 小生在纪伊国屋书店接受访问。纪伊国屋书店里的电视机会播放作家的访问影像,小生笨拙的答复好像会在上面播放。这是公开处刑吗?

11 月 17 日

　　小生和犬童一心导演①对谈。回到家打开收音机听。然后戴上耳机听艺能山城组的音乐。艺能山城组,也就是负责制作动画电影《阿基拉》(*Akira*)配乐的团体。小生很喜欢《阿基拉》的配乐。

---

①　电影导演,拍《约瑟、老虎和鱼》的人,这部电影很好笑,笔者非常喜欢。

183

11 月 21 日

没做什么特别的事情,所以没写日记。也没工作,也没乱玩,更没写邮件,没看电视,没看书,甚至没慢跑,没打电动,没吃饭,没打扫,没洗衣服,没离开棉被,没有呼吸,心脏也没跳动,也没流汗,没泪湿枕巾,脑中也没想着蛋糕,所以衣领也没像以前那样被口水弄脏。没想外甥女,没在扣错扣子的情况下就前往便利商店,邮件中没有用太多的图案文字,嘴巴没有哼唱 HALCALI① 的曲子,没有把脸凑近发烫的电灯泡,没有在笼罩着浓雾的伦敦街头被人追杀,没有在不知道茶壶的价格高低时就被怂恿着买下来。没有不要命地登上被劫犯劫机的飞机,没有在蒙面摔跤赛中被摔碎,没有在国王面前叩跪。整个世界应该发生了许多事情,但是小生今天②在什么都没做的情况下,度过和平的一天。

---

① 日本女子二人组,当时正好是在买了她们的专辑之后。

② 不只今天的日记,因为行数的关系,本书的大部分篇幅都是空白的。这是怎么回事? 只有两个字孤零零地站在那边,其他都是空白,真是浪费纸张,尤其是第 62 页更是过分。相对的,没几个字,却写满了一长串小字体的注解,真是奇怪了。笔者怀疑,要不是这些空白,也许本的定价会更低,笔者想起来差一点要把胡子都拔光了。没错,笔者开始留胡子了。现在的笔者非常具有颓废派的风格。

在独立制片电影相关的聚会中,我跟一位高个子先生坐同一桌吃饭。这位高个子先生就是高见先生,是一个不折不扣博览群书的人。他提到能看那么多书的机缘,非常有趣。以前在疏散地(为防空袭破坏,居民疏散到乡下地方),本来是为了看女孩子才到学校图书馆去的,没想到看着看着书就着了迷,结果看女孩子的事情就被抛到脑后了。

我看了《红木》,内容非常精彩。

11 月 24 日

做了一点工作，前往平价餐厅，听收音机，工作，早上出去慢跑。最近，在外出慢跑的几十分钟前，小生会先摄取氨基酸。不久之前，小生还不懂得氨基酸的威力有多大。可是按照《无奇不有大事典》中所说的时间摄取之后，发现确实可以发挥过人的威力，效果可谓立现。

假如没有摄取氨基酸，刚跑二十秒就开始气喘。再过一分钟，心脏就好像要破掉了一样。跑了大约五分钟左右，头开始痛起来，小生知道自己的脑细胞一个个坏死了。跑了十分钟之后，肌肉的纤维开始一根根断裂。二十分钟左右，指甲剥落。三十分钟左右，福冈的外甥女跌倒擦破皮。四十分钟左右，小生的书被卖光。五十分钟左右，东海地方发生地震。可是小生跑不了五十分钟，希望住在东海地方的人能够安心。

慢跑这种东西就像小生说的，尽是坏处。但是如果在跑之前先摄取氨基酸，就不会有什么问题了。再怎么跑都不会气喘，心跳不会紊乱，脑波也保持正常。跑上一公里，脚踝仍然可以轻快地活动。跑上两公里，还快活得可以吹起口哨。跑到三公里开始，脑细胞就活化了，小说的点子源源而来。跑到四公里时，平常解不开的方程式可以轻而易举地解决。跑到五公里时，嘴中开始念着平常背不上来的《圣

186

经》中的一节。跑到六公里时，开始在云层之间看到那道光。跑到七公里时，羽毛开始从世界各地的天空落下，正在打仗的士兵们都放下武器，抬头望天。氨基酸真是太了不起了。

11 月 25 日

　　小生去看歌舞伎。这是小生第一次看,觉得挺有趣的。没想到歌舞伎是娱乐性这么强的东西。

　　没有人提醒还真是没想到,明天是小生的绘本发行的日子。可是小生在绘本上的工作量少之又少,大部分的工作都是由插画家羽住都老师负责,而且让羽住老师尽画一些风景的人就是小生。关于这一点,小生正在强烈反省之中,真的很抱歉。如果不是这样,应该会成为一本更有趣的书才对。

　　本来小生就不认为那么单薄却又昂贵的书能卖得出去,绝对是卖不出去的。小生心想,站着看,几秒钟不就看完了吗? 拉面还没有被拉到极限之前,一本书早就翻完了;换乘电车的空隙间就可以看完了;电动玩具游戏中第一个出现的小喽啰死亡之前就可以看完了。最近这本奇怪的日记老是变成这样的内容,下一次我会加油的。

我把手机留在家里就出门了,回过神来时,发现自己竟然跟《浮士德》杂志的成员们①一起吃着烧肉。我一直侧耳倾听他们谈的政治话题。餐后的甜点好甜。今天的聚会(?)来得很突然,所以没有拿到魔方。

我想,也许该停止写这种奇怪的日记了。

---

① 大概是去把稿子交给《浮士德》杂志的作家们。笔者只去送过稿子一次,所以对笔者而言,他们像是幽灵成员。

12月4日

　　小生在新宿举办签名会。之前小生一直避免做这种事,可是不知道为什么,竟然陷入这种局面,一切都是因为出版了一种叫绘本的东西。责任编辑问"办个签名会可以吗?"于是小生回答:"如果插画家羽住老师要办签名会的话,小生可以在一旁鼓噪。"

　　就这样,小生在新宿的阿尔塔前面和编辑及羽住老师会合,之后前往书店。我们在咖啡馆里吃了水果馅饼,然后小生就被拖到卖场去。现场有很多人排着队。在众人的注视下,小生和羽住老师并肩坐在椅子上。读者来,签名,有人对我们说话,点点头,回答一句"是,我会继续努力"之类的话,低下头去。小生觉得好难为情,很想让大家看看小生好的一面,尽量表现得若无其事的样子,手却不停地抖着。写下读者的名字,写上自己的名字,附上日期,交给旁边的羽住老师。羽住老师写下名字。小生的目光和站在眼前的、活生生的读者对望。这才知道所谓的读者是活着的人。然后垂下眼睛,心中充满了疑问:自己做了什么事? 不过,这大概是一场梦,所以就不要想太多了。自己是躺在医院的病床上陷入昏睡状态的老人,只是做了一场很真实的梦而已。相继出现在眼前、拿着签名书离去的人,事实上是前来病房为小生做检查的医生或护士吧? 他们手上拿着的签名书事实上是病历之类的东西。如果不让自己编出这种谎话,恐怕精

190

神就会出问题了。对了，不久之前，大概是大槻健治先生举办签名会之后的事情吧，和《浮士德》杂志编辑部的人一起吃了小豆粥。知道小生的签名会就快举办了，泷本老师说了句"就当是签名会的预习吧"，从纸袋当中拿出"自我启发系列"的书来，以完美的演技说着"请帮我签名"，把书递给小生。小生接过书本，对着扮演读者的泷本老师手忙脚乱地问道："你、你是从哪里来的？"小生想模仿大槻健治先生以轻松的语气问读者"从哪里来"，可是这样的事前练习在正式上场时一点都派不上用场。小生完全没有跟读者讲话，专心地签着名。明知道有很多人从很远的地方来，明明有些读者很热情地跟小生讲话，可是小生笨拙得不知道该怎么回应，只是不断地"啊，嗯"地点着头。特地前来共襄盛举的各位，真是非常抱歉。当场收到不少礼物。当中有氨基酸和维生素锭剂，好高兴。也收到了《黑衣使者》的录影带，收到了护身金币，还有好吃的棒棒糖。签名会终于结束。小生用麦克笔玷污了许多书，逃回一个像是办公室的地方，感觉像逃进一个洞穴中一样。一位认识的编辑前来拜访，参加签名会的佐藤老师和西尾老师也来了。西尾老师送给我智慧之轮。小生向佐藤老师报告收到了护身金币的礼物。所谓的护身金币，是某一个时期在伊集院光先生的广播节目中听众的明信片一经采用时就可以得到的宝物。针对护身金币，小生有一个想法。现在不是小生写绘本之类东西的时候，应该为忧郁不知所措的青少年写一些小说才行，就是那种更悲惨而又黏糊糊的青涩小说,那种会让年轻的女性读者捏着鼻子闪得远远的作品,如同重现自己十几岁时模样的文章。出版漂亮的绘本而受到如此奉承,这种状况是不对的。离开书店之后,一行人在日本料理店聚餐,小生吃到了美味的料理。店员在走廊上跌倒了。"网站上的《小生物语》要停止连载了吗?"光文社的编辑问道。"是的,要停止了。"小生回答道。

　　在签名会上收到了饼干和巧克力等零食,今天,小生以这些东西为主食过日子。因为还有剩余,饮食方面暂时不会有问题。话又说回来,收到的礼物还真是不少,譬如营养饮料、综合维生素片、减肥营养补充品、唱片、烧酒、T恤、温贴布、书签、自己写的诗、驯鹿头套、袜子、《七龙珠》六卷、拍立得相纸、咖喱面糊、挖掘工具套装①、富士山摆饰、海胆……每一样东西都是小生打心底里想要的。尤其是挖掘工具套装,那正是小生想要得不得了,经常隔着商家的橱窗定眼瞧的东西。送这些东西给小生的各位,真的不胜感激。

　　今天一整天窝在"巴米扬",专注地写即将和朋友们合作、独立拍摄的新电影剧本。之前完成的剧本是以女孩子为主角,可是没有女演员愿意担纲演出,姑且算了。而愿意演出的男演员就住在附近,所以这一次必须写出以男孩子为主角的剧本。

　　对了,在签名会上第一个签名的人(也就是拿到签名券 0001 号的人)是一位名叫野口美也小姐的新出道演员。

---

①　真的收到了。

12 月 10 日

今天和制作绘本的人会面。为了宣传绘本,只好接受采访。我好紧张。羽住老师的头发上了长卷子①。我和编辑一起指着老师的头发,一边说着"长卷! 长卷!"一边在羽住老师的四周绕了五圈左右,故意挑衅。

---

① 真的是长卷子。

和独立拍片工作相关的朋友们一起去下北泽,目的是去参加朋友的电影放映会。会场一片混乱,最后只好站着看。真是好玩。

12 月 14 日

　　小生跟独立制作电影相关的朋友们一起到摩斯吃饭，然后前往涩谷。朋友们都往原宿方向消失了。小生预定了和编辑在涩谷碰面，因此留在涩谷。距离和编辑碰面还有一段时间，因此便到电影院看了《我们这一家》，内容很有趣，带孩子来看的观众很多。看到孩子们在戏院里笑开怀的样子，小生觉得好幸福。

　　十九点和幻冬舍①的两名编辑在忠犬八公像前面会合，一行人前往铁板烧店。他们喂了海鲜类美食给小生当饵食。小生曾经针对《小生物语》内的"喂饵"一词进行过说明，这种说法让编辑产生了复杂的心情，为此小生会反省。

　　我们就结束《小生物语》一事交换意见。目前小生忙着工作和个人嗜好，觉得继续写这种文章是件麻烦事，所以要求作个了结。小生必须写小说才行，现在不是写短文或日记的时候，不是接受采访或作对谈的时候，不是出国旅行或慢跑的时候，不是剪指甲的时候，当然也不是拍商业广告的时候，更不是留下电话录音或搜集收据的时候，所以小生想作个了结。

---

　　①　有勇气出版本书的公司。幻冬舍的人都很有幽默感，对笔者这种没用的人也非常体贴，是一家非常优秀的公司。

之前在网络上写的日记由幻冬舍出版了。我心想,根本不必这样做,买这本书的人只是白白浪费钱而已。我跟编辑说,至少要做成定价便宜一点的书。

总之,就因为这样,我刚刚一边回头看过去的日记,一边针对各个部分作修正和删除。看着以前的日记,不禁产生一股怀念之情,而且为自己如此忠实地记述发生在自己身上的事情而惊叹。

停止在网站上做日记连载已经过去快三个月了,不写日记的这段期间,发生了许多事情,譬如:因为花粉症而吃足了苦头;在韩国染了金发;到押井守先生家打扰,摸他们家的狗;在网络商店优衣库买了很多袜子;因为发生交通事故而造成右手臂骨折,另一方面却中了五万日元彩券;有一天家里被闯空门,小偷只偷走了电脑显示器;也有那么一天去动了变性手术,变成女人的身体;为了阻止炸弹爆炸犹豫着该切掉红线还是绿线时好累人;在上学途中和一个叼着面包的疯狂转学生撞个正着,吓了一大跳……总之,这三个月当中发生了好多事情。

4月3日

　　角川的编辑 M 先生结婚了。小生参加了第二场宴会。新郎新娘和一干相关人等在店里喝得醉醺醺的。松原真琴老师、都筑摄理老师和大岩雄老师①也都出席了。

　　新郎 M 先生醉起来很让人绝倒，一旦喝了酒，就会变得连那些资深的搞笑艺人都无法匹敌地好笑。这样的人，小生还认识另外一个。

　　这另一个就是同席的松原真琴老师。

　　婚礼的第二场宴会是让宾客痛快畅饮的聚会，松原老师几杯葡萄酒下肚，言行举止就开始变得有趣了。

　　第二场宴会结束之后，阵地转移到另一家店，我们和泷本龙彦老师在此会合。已经醉醺醺的松原老师紧黏着泷本老师不放，然后她不断地说着："欢迎来到 NHK！"多么有趣。被松原老师黏着的泷本老师的样子百年难得一见。

————————

　　①　都筑摄理和大岩雄，两位都是通过角川书店而认识的漫画家，从事将笔者的小说画成漫画的辛苦工作。

因为宿醉而瘫了一阵子之后，小生带着枪式扬声器和随身 MD 机外出，目的是去录下小河的声音。为什么要录下这种声音呢？因为要用在独立拍立的电影当中。

小生从大学时代起就帮朋友们做独立拍摄的电影制作工作。二十四岁时用家庭数码摄影机第一次制作了自己的电影作品，没有任何台词，只有短短的三分钟。小生当时心想，哪天一定要拍一部有台词、更正规一点的电影作品。

如果问小生，没有写日记的这三个月里做了什么事？其实也没做什么工作，只是花了很多时间在独立拍片上，每个星期利用休假日和朋友聚在一起拍片。我们都是外行，拍出来的影像都很可笑，可笑到每次看到拍出来的影像都不禁面红耳赤。

基本上是由三个人负责拍片，这三个人是剧本兼导演的小生、负责摄影的 K 先生以及担任演员的 W。因为 K 先生没办法来，所以很多时候都是小生拿着数码摄影机拍摄的，心中不禁感叹，原来电影是两个人也可以拍出来的啊？某编辑说："你们做事好像大学生哦。"事实上也是如此。

就这样，小生前往河边录下声音。拿着麦克风呆呆地站着录音时，沉溺于"小说也不写，跑到这里来干什么啊"的想法之中。

总之,那么拙劣的电影作品就快要完成了,这是小生的第二部导演作品。虽然可能无法面市,但是毕竟花了不少心血制作,所以小生把此事写在日记上。

后记

我经常为称呼的事情苦恼。写第一人称的小说时，往往会犹疑着要用"仆"、"俺"或"私"（以上三种人称都在日文中代表"我"的意思）而不得不停笔。此外，又觉得平常用"仆"来称呼自己显得太幼稚，所以总想着：什么时候应该用比较有男子气概的"俺"来称呼自己？当一个人认识"自己"时，称呼到底具有多大的影响力呢？

收录在本书中的文章是我以前在网络上写下的日记，特征是一半以上都以"小生"这个称呼来记述文章，但是我平常是不会用"小生"来称呼自己的，平常说到自己时都用"仆"。"小生"这种用语是不适用于日常生活中的。

话虽如此，之所以用"小生"这个人称来写日记，是觉得假如用与自己相去甚远的称呼来过日子，或许就会产生一个有异于自己的另一种人格。正如弗兰肯斯坦博士（英国作家玛丽·雪莱小说中的生物学教授）用尸体创造生命一样，我也想用"小生"这个称呼来创造一个只存在于记述中的"非我的日记写手"。

这种做法有一半是带着趣味性的实验，结果就发生了如我预期的现象。当我以"小生"的称呼写日记时，"小生"好像不再只是一个人称，似乎有了"小生"的角色色彩；"小生"又跟小说中的角色有着微妙的差异，小说中的角色是在故事内活动的虚构人物，但"小生"是记述日记的虚构写手。虽我，非我，一个没有"小生"这个名字的某个人于焉产生。

误以为这本尽是偷工减料的书是"乙一的日记"而不幸地看完了的读者们，看了这篇《后记》之后也许会一头雾水。我要言明在先，我跟"小生"是不能划上等号的。我确实在日记当中写下了自己的体验和想法，但是其中也混杂了"小生"这个非我的人物的意见、行动、过去、观点，等等。

一开始觉得很好玩，以"小生"这个人称所写的日记都变成了好笑的吹牛故事。

可是不知从什么时候开始，我感到后悔了，真不该以"小生"这个称呼来写日记。这种心态就跟创造出怪物的弗兰肯斯坦博士在实验之后扪心自问自己做了什么事一样，不经意地创造出一个没有名字的存在是会遭天谴的。

后悔的理由在于读者的反应。阅读网络日记的读者们当然不知道该在什么地方区分我跟"小生"。读者看了日记，好像都有"乙一等于小生，是个奇怪的人"的感想。一开始我觉得这事挺有趣的。但是后来发现，我跟"小生"被一视同仁之后便开始被人厌烦。"等一等，我不是奇怪的人！虽然跟日记中的有点儿类似，但还是有微妙的差异！"

我好想这样撇清。真是任性。总之，我不知道如何处理"小生"

这个东西。最后只好将之放弃,停止写日记。

　　就这样,幻冬舍出了这样的一本书。"小生"一定可以因此而升天成佛。

解说

《乙四物语》节选

天蝎小猪

2007 年

5 月 25 日

　　说起来丢脸,我竟然哭了,而且还是那种止不住的恸哭,其中夹带着抽泣。同事满脸关心地问我:"失恋了吗? 男儿那啥不轻弹啊!"我脸上写了"失恋"二字吗,我至少得先恋上谁吧,拜托! 一定是我打开泪腺的方式不对。是哪里出错了吗?

　　"我这样多久了?"我问。

　　"至少五分钟——你没事吧?"关心之情有增无减。

　　我心中一阵惭愧,不经意头一低。呃……罪魁在这里!

　　桌上摊着最新一期的《科幻世界·译文版》,打开的部分是一篇名为《只有你能听见》的小说。哇! 整页都湿了。我的泪腺原来这么发达啊。啧啧。(书页君:喂喂! 搞清楚状况! 现在不是嘚瑟这个的时候吧?)

　　缓过神来。至于问我为什么一上来就读这篇而不是其他文章,其实是因为译者(丁丁虫)的关系。虫叔是国内科幻翻译界的巨擘,你在任何搜索网站键入"日本　科幻",总能找到他。这种牛人一向是我渴望亲近的对象。他的译作我自然要捧场,何况本篇的原作者取了一个那么怪的名字。这"乙一"究竟是何方神圣? 竟写出如此虐心的作品? 稍后,我去维基百科一下。

我想,以后的作者要想被人记住,首先得取个奇葩的名字,比如"丁一""乙巴虫"……

6月1日

这一周都不知道是怎么活过来的,一闭上眼就是《只有你能听见》的剧情,满脑子都是女主角被救的那一幕。要不要这么悲情! 以前看电影《蝴蝶效应》都没这么难受过。

乙一老师,我记住你了!

今天是我的节日,待会儿去买部新手机慰劳一下自己——最好是女主角用的那一款。

6月6日

我在豆瓣上搜到了"乙一 Otsuichi"小组,非常雀跃地点击加入。原来喜欢乙一老师的人好多! 老师的读者还有一个专属称号——乙四。我猜是乙一粉丝的简称。但大家都在讨论我没有看过的书,感觉很受伤。

于是想象那款经典手机,胡乱拨了几个号码,第七通居然有人接听了:"莫西莫西? 是小幸吗?"立马挂掉,我一定还没从二次元的世界里走出来……

一气之下去淘宝订购了三本"祖国版"(对某类盗版书的专称)——又是 N 社的"精品堂系列丛书"——分别是:《GOTH》①《濒死之绿》和《在黑暗中等待》,据说是老师的代表作。(难道老师有非代表作吗?)什么时候出版正版的老师作品啊?

6月18日

话又说回来,小猪我要在此先声明。这本日记只是日记而已,看起来实在也不怎么有趣。求求各位,就别看了,这是小猪最初的请求。你们想听老师的八卦,或者想看专业的书评,请直接翻到正文读《小生物语》,书评部分请自动想象。

前几天,我一阵"怒看",把三本"祖国版"看完了。想说老师"精分"挺严重的,一会儿黑得发冷,一会儿白得暖人。就像孙小圣闯进阴阳二气山,乙一老师就是阴阳二位大王的合体,不晓得他是如何调和阴阳的。

我的这个想法不断地膨胀。乙一老师的身体先是被阴大王所

---

① 即后来正版出版的《GOTH 断掌事件》。

占,在其折磨之下写了一本对教师这一职业满怀恶意的《濒死之绿》。没过多久,阳大王来了并很快占据上风,那本《在黑暗中等待》暖得让人怀疑所有治愈、疗伤小说是否真的都出自老师之手。但读完那本《GOTH》我才知道,老师的任督二脉还是没打通,阴大王卷土重来,阳大王完败。阿绿、森野……请你们离老师远一点,我愿意牺牲我自己,来吧!(我在喊什么呢!)

我,已经无药可救了。

今天有一件很令人激动的消息想告诉大家——老师的书终于要出简体版了。一般情况下,我是不会随便爆料这种内幕的,但感情就是这么奇怪的东西,它能轻易打败理性的大脑,然后使大脑的主人干出各种匪夷所思的事情,比如我正在用猪嘴屡次与《GOTH》的封面亲密接触。

这都源于早先接到的一通长途电话:S市Q文化公司的一位编辑S女士说,乙一老师的代表作《动物园》和《平面狗》即将由他们推出,想问我是否有兴趣在网络上发表一篇推荐文,帮忙为老师的作品做一下推广。

按照惯例,我没有马上应承,考虑再三,思前想后,终于勉为其难地接下了这个任务。(喂!你有什么资本要宝啊?这是你在胡吹吧!)嗯嗯,真相是 S 女话还没说完,我就大声说:我!愿!意!(谁让我是乙四呢?为了老师作品的推广,让我卖身卖肾都无所谓的!)

更何况——这两本书是首次推出中译本(港台版、祖国版尚未出现)!

9 月 29 日

日子过得好快,转眼间,国庆节就要到了。想着即将有一周的时间宅在家里看书,心里一阵开心。

我听说日本有两个国庆日:一个是二月十一日,是很久以前日本的首代天皇神武统一全日本的日子,所以又叫建国纪念日;一个是历任天皇的出生日,如果我没记错的话,现在的明仁天皇生日是十二月二十三日(宫部美雪和绫辻行人也是同一天生日,回头我得确认一下)。没听说日本在这两天有放长假的惯例,不过乙一老师应该无所谓吧,就算不放假,也是待在家中过着隐士生活,然后只在特别需要出门的时候才把自己放出去。

我已经将 S 女士寄来的《动物园》和《平面狗》"啃"掉了,相比风格比较治愈的"狗"来说,我更喜欢百味杂陈的"动物园",尤其喜欢《七个房间》《向阳之诗》和《寻找血液》这三篇。

我还特地从网上下载了《动物园》的电影版(2005 年拍的),因为所收录的五个故事选了不同的导演和演员,感觉和原著一样"きれ

208

い"(华丽)。其中,《向阳之诗》是以动画形式呈现的,拍得很凄美,很忧伤,我又一次华丽地泪奔了。超爱《七个房间》里弟弟的扮演者须贺健太,听说他将在预定明年公映的《濒死之绿》(又是根据老师作品改编的电影)中担当主角,好期待哦。

答应 S 女士的推荐文还没有着落,因为老师的书看得还不够多,计划再搜罗几部,据说有一个系统的认知之后,会比较有利于把文章写好。

10 月 20 日

昨晚出了趟远门,去了华东大得无以复加的城市 S 市。

台湾地区最专业的日系推理小说出版商"D 文化"在 S 市办了一场小型的推理迷见面会,我这头来自 J 省小城 Z 市的小猪居然是本次"盛会"的堂堂召集人,想想都觉得不可思议。其实我原本想将活动安排在明天来着,那可是老师的生日啊,会很有意义,很令人难忘的……(但人家毕竟是客,尊重人家的意见是必须的。)

以我为首的近二十位同学,当晚有幸见到了"D 文化"的总编陈蕙慧女士和副总编戴伟杰先生,双方在亲切而友好的气氛中进行了交谈。陈总编对大陆读者的热情给予高度评价,她说:"我将 S 市作为……的第一站,是因为……近年来,两岸出版界的关系愈加紧密,但与书迷的互动联系还比较少,极需加强。我相信,在诸位的关心和支持下，'D文化'一定会……"（省略部分非重点，请各位看官自行脑补。）

双方还就未来的出版计划充分交换了意见。陈蕙慧说，东野圭吾、宫部美雪、伊坂幸太郎、京极夏彦都将有新作出版；还有些作家，尽管名气不是特别响，但很值得推介进来，比如折原一、北村薰、道尾秀介、樱庭一树、乙一……（后面还说了什么，我已经忘了，请各位看官自行想象。）

我觉得，在未来两周内，我必将沉浸在这份兴奋与喜悦之中，难以复原……

11 月 10 日

今天很有成就感，经过十二个小时的奋战，完成了《游走于冷酷与温情之间——日本鬼才作家乙一及其作品解读》这篇推荐文，并马上扔到"天蝎小猪的藏书柜"（我的博客）中。同时扔进去的还有早前勉强翻译的日文访谈录《你所不知道的乙一》，内容是老师大谈自己的读书经历。看着簇新的两篇文章，全身心被"伟大"二字包围，总觉得离老师更近了一步。

于是我一边舔着蓝莓巴旦木 DQ（"冰雪皇后"冰淇淋）一边躲在棉被里沉沉睡去……

顺便说一句，今天是本猪的生日。

1 月 22 日

如果不算上初识江户川乱步和横沟正史这两位老怪物的大学时代,我开始大量阅读日系推理小说也有三个年头了,总有十来个牛气闪闪的作家是本猪经常遇见的。

其中岛田庄司老师属于一旦在你身边,且听他谈笑如鸿儒,你只需静静坐着便如沐春风的那种人;京极夏彦老师则是另一般模样,就像是永远视知识为无物,信手拈来即能作滔滔宏论,而你必须远观遥闻却不能亲近;至于东野圭吾老师,往往让你又爱又恨,爱是因为他从外形到创作能力到帅无以复加,恨是因为他的东西太过参差不齐,尤其拿到直木奖之后的作品,"商业气息"越来越浓重,已经失去了本真的淳朴;能用"文字魔术师"来称呼的只有伊坂幸太郎老师,他的每部作品都是瑰丽玄妙的表演,你在台下看得如痴如醉,非常想接近他随便聊几句,却完全赶不上他的思路;宫部美雪老师是无所不能的"王室之女",她横扫大众文学的各个领域,其才华足以睥睨群雄,对她除了敬畏和激赏,你还能作甚……

然而,惟有一人可以做你的朋友——永远的朋友(只要你曾经寂寞过、孤独过、受伤过、自卑过、空虚过),他就是乙一老师!

2月14日

今天是被爱情女神遗弃者最不愿意过的日子,而我恰恰是其中之一。所以本猪只能待在家中胡思乱想。

忘了是哪位贤人(闲人)说过:"人类的灵感正是源自不经意的胡思乱想。"换句话说,我是在家中寻找灵感。

对于灵感被找到后的处理方式,岛田老师的做法是随身携带一本便笺,一旦脑中出现灵感,就马上写下来,以备日后创作之需。因为灵感多是水性杨花的,不会陪伴你太久。俗语云:好记性打不过烂笔头。按照他本人的说法,便笺上的灵感,这辈子是用不完了。

可遗憾的是,我在被灵感眷顾的时候却找不到笔头和便笺。而在寻找笔头和便笺的过程中灵感就偷偷溜走了。所以……灵感不是本猪写不出文章的托辞,而是事实本就如此。

按照我的经验,灵感一般会在以下三种情况下现身:做梦,洗澡,如厕。梦不受发梦者掌控,往往最能产生灵感,却最不易储存;洗澡是醍醐灌顶的民间说法,在被水流覆盖的间隙,思如泉涌,却因为手边无用以记录之物,也不易储存;如厕时,蒸腾的无上罡气是刺激脑波的最佳元素,加上紫姑的护佑,在下方一泻千里如泄洪闸的同时,上方跃行万里如筋斗云,只是身畔以卫生纸加手机(或闲书、小报)居多,也不易储存。正是因为做梦、洗澡、如厕虽属常事,却很难加以利用,所以靠灵感吃饭的优秀作家实在难得!

最后想向乙一老师咨询的是:您的灵感发源地为何?

3月19日

据说"D文化"的主页连上了我的博客,好像是有这么一回事,但可能是我的眼神比较差的关系,并没有找到。我大概能够体会那些入宝山而空手回的人的心情了。

对了,说到"D文化",让我想起一件前几天令我兴奋了好久的事情。(喂!你确定是好久吗?你不是才想起来吗……这是画外音,咳咳)我在"D文化"开设了"天蝎小猪专栏"(简称"猪栏"),每月发表一篇介绍大陆这边推理小说发展现状的文章。感觉自己在做一件伟大的事情,充满了自豪,就像打了猪血!

责编L女说,由于两岸路途遥远,就不给你寄稿费了(哇,这算什么理由啊),作为补偿,每月会送一到两本我们出的新书给你。

我在想,反正稿费都会用来买书,直接折换成精致的台版新书倒省了几道工序。我该谢谢她呢还是谢谢她呢还是谢谢她呢……

比如手头这本《向日葵不开的夏天》(我的第一本稿费补偿品)就很新,书很新(比身边的其他朋友更早读到,哇咔咔),作者也新(道尾秀介老师近年才出道,被视为"日本本格的新希望"),写法也新(新得让你"敬为天神",如乙一老师的处女作《夏烟尸》[①]那样华丽的惊艳

[①]　全名为《夏天·烟火和我的尸体》。

213

表现）。嗯嗯嗯。就是这样。

4月1日

今天是整个一年唯一骗人无畏的日子,但本猪偏偏想不出来一个值得意气风发从事欺骗勾当的好点子,大家有什么想法不妨告诉我,让我好好学习一下。

前段时间我发现身边一位推理同好长得形似乙一老师,侧面看,除了脸型稍长之外,到处都"很乙一"。你问我他是谁? 就是去年十月七日的《乙四物语》中提到的N大T男(笔名"等待者",在S市的那次大型聚会上认识的)。所以每次赴N市参加推理同好会,我都会超级专注地看着他,然后脑中浮想联翩……

6月2日

有件事令我十分抓狂。按理说中国的网络盗版产业如此发达,想找一部已经上映过的电影应该不太难吧,可乙一老师以本名"安达宽高"的名义执导的电影处女作《立体东京》(是《东京小说》这部电影两个组成故事中的一个)就是遍寻不着,本猪惟有空发感慨:"原来也有百度做不了的事情啊!"

说起来,去年今天就是《立体东京》诞生之日,该片因有乙一老师的妻子押井友绘(她是著名动画导演押井守的女儿)参演而备受关注。关于两人的结婚经过,老师是这样说的:"我是一个说话特别小心的人(怕说错了被人打),她是一个说话特别缓慢的人,两个人就是靠有一搭没一搭地马拉松聊天,也从未向岳父提起'请将您的女儿交给我'之类的话,最终莫名其妙就结婚了。"好吧,老师您这是在变相夸赞自己谈恋爱水平高吗?或者您的运气特别好?

8 月 10 日

昨天,乙一老师"驾临"台湾地区,为"D 文化"出版的新书《动物园》作首发宣传。据说为了见到"活"的老师,当地很多"乙四"前一天就在会场外面排队了。在"朝圣"大会上,老师被众人"逼迫"(我则"逼迫"L 女帮忙要一本签名版的软精装《动物园》),自爆了很多料,其中就包括关于灵感从何而来(在我前不久的日记中问过)。

他说自己属于会先想好整个故事大纲,比如第几张稿纸会发生什么事件这种细节都要全盘掌握的作家,所以在写作途中总是不断地换算着自己写到哪一个篇章,类似这种强迫症的行为还有不停地进洗手间洗脸:"与其说是去洗手间,不如说是为了洗脸而去洗手间。"这其实是一种逃离瓶颈找回灵感的好方法。

想看其他的料,各位可以自去"D 文化"官网及台湾地区知名书店的官方"部落格"(即博客)寻找——想象力丰富的朋友也可以自行想象,反正老师的个性,大家都知道的……

8月16日

今天有网友在我的博客上留言，说他发现我去年十一月关于乙一老师及其作品的两篇书评博文已被收入网上疯传的"乙一作品全集"免费电子书中，貌似成了乙一初读者进入老师的文字"圣域"前的必看攻略。虽说我对盗版文化向来敬谢不敏，但面对如此情形，心情还真近乎"与有荣焉"了。

这位好心的网友还小小地抱怨了一下，说我的日记中涉及老师的八卦内容比较少，希望我虚心接受，尽快改进。那么我今天就先说一两个吧。

老师从去年开始，还用中田永一、山白朝子这两个笔名各出过一本书，是怎样的风格，我不得而知，仅看名字本身和日文版封面设计，应该是治愈性质的吧。另据接近老师的泷本龙彦、西尾维新等作家爆料，乙一还用过或即将用其他的名字来写作（他们没有明说，所以这个料只是聊胜于无）。

还有，老师喜欢甜食和川菜，喜欢玩 PS3 游戏，喜欢看电影。

9月1日

今天收到了"D文化"寄来的台版软精装的《动物园》，封面做得很美，特别是两个"O"，看着看着就有种像要被吸进去的感觉，恍惚间见到乙一老师就在眼前,亲切地说:"进来一起玩吧。"于是我把书塞进挎包里,打算把老师介绍给我一个很重要的朋友。

这个朋友是我上周经由同事介绍认识的,是一个比较会说话、不让人觉得闷的女生,网名叫 Sensei。如果把我算作"推理圈"的话,她就是"COS 圈"的(好像她所在的团队还小有名气,作品偏耽美)。我们的共同话题很多,兴趣相投,所以一向话不多的我聊得很开心。

总之,希望进展顺利……

11 月 11 日

感觉最近写的日记已经鲜少提到老师了,往往只是一笔带过,这是否意味着《乙四物语》快完结了呢? 忍了很久一直没有吐槽出来的各位,是否有点蠢蠢欲动了呢?

本猪还是想强调,这些日记没啥特别值得一看的东西,有这时间听一头猪拉呱,不如去多读几本老师的作品吧(虽说老师的笔头近来似乎有些怠惰,书出得少了)。

今天是一个特别的节日,打算晚上和 Sensei 看场电影庆祝一下,一起惜别单身宅男宅女的日子。

2009 年

1 月 3 日

今天我很火大。之前借给 Sensei 的那本软精装《动物园》，居然给她弄不见了，她这是在逼我将对老师的爱从书本转入心里面吗？——算了！真的找不到的话，我再买一本吧。（瞧！本猪就是这副德性⋯）

1 月 26 日

今天是大年初一。按照惯例（本猪家里从初二才开始走亲戚），我窝在被子里睡懒觉。

朦胧中听到门铃响，响了好久。看来爸妈出门了，于是我起床去应门。脑袋昏昏沉沉的，家中的摆设都变得不熟悉了，找了老半天才看到门在哪里。

刚打开一点点缝隙，就看见一道瘦小的黑影闪进，直奔屋子深处而去。隔了没多久，传来阵阵惨呼，男声女声都有，他们是五月、阿初、真也、阿绿、森野、洋子……

我循声冲去。一个看上去像是书房的房间中，有一道黑影背对着我，正在不断将书柜中的乙一作品拼命摔在地板上。看身形，应该是一位男子。

我火冒三丈,踹向对方:"你干什么!"

那人回过头,然后我看到了难以置信的一幕:那人拥有一张老师的脸。不! 他根本就是乙一老师。

下一秒,我晕了过去。

2月3日

前几天我又去了趟 S 市,是为了见见台湾地区著名的推理评论家 J 男。他刚好回安徽老家过年,然后在 S 市短暂停留,顺便会会大陆推理圈的朋友们,而我再次荣幸地成为召集人。

那天下午的聚会很开心,大家一会儿讨论推理小说,一会儿玩杀人游戏等桌游,一会用 Wii(任天堂公司推出的家用游戏机)手柄打网球,总之很嗨!

对于我来说,那天最难忘的是和乙一老师间接握了手,因为 J 男曾在"D 文化"召开的乙一座谈会上担任嘉宾,他当然曾与老师握手,嘿嘿! 可惜当时我拥有的几本台版乙一作品都出借在外,尤其是那本由 J 男作总导读的《夏烟尸》,最后仓促间只好拿了伊坂幸太郎的《死神的精确度》,请 J 男签名留念(这本也是他写了导读文)。

那天最糗的是我聚会前睡在朋友 W 男家里,"失蹄"将长得酷似老师的 T 男给踹伤了。后者当时正急着找一本关于叙述性诡计的推理名著(好像是我孙子武丸老师的《杀戮之病》),由于乙一老师的几

219

部作品正好压在那本书上,结果 T 男在取书的时候不小心把上面的书全部磕落到地板上了。之后我就晕倒了(T 男现在还觉得我是在装晕,不肯原谅我,天可怜见啊!),据说现场一片混乱,救护车已经准备出动了,好在 W 男及时赶回……

4 月 17 日

有一种等叫枯等,是哀莫大于心死的等,是已经近乎麻木的等。

我现在就在枯等。

因为,乙一老师很久没出书了!(包括中文版!)

4 月 20 日

大概是听到我三天前发出的、其背后的怨念力足以毁灭无数个小宇宙的呐喊,刚刚"Q 文化"的 S 女又联系我了,说他们即将推出老师的惊艳处女作《夏天、烟火和我的尸体》,然后年底左右再出《天帝妖狐》和《暗黑童话》。我当时就在电话这头跪了,谢天谢地谢父母……呃,那些都不重要了,回头记得上香祷告。

为了庆祝此事,打算把一直忍着没有看的《小生物语》拿出来看完。乙一老师家中的老婆大人始终认为"此书是最贴近乙一本人的作品",我原不想这么早去看它,怕自己因此失去对老师过去的神秘感,失去对老师现在的亲近感,失去对老师未来的憧憬感。不记得是哪个无聊清高人士说的:"当你对一个人太过熟悉,你会逐渐忘记他的存在。"去他的!我不喜欢这样!可是不看这本书的话,作为乙四的人生就不完整,大概会遭天谴吧。现在有了这样的契机,这样的理由,所以……所以……本猪已死,无事烧纸……

5月12日

朋友蜜月选择来Z市旅游,我盛情款待。加上附近的人都很慷慨,纷纷送来美味,吾辈一通海吃海喝,瞬间就饱了,路都走不动了。

家附近有一农家乐,门前的草地很平整,色泽绿得让吾辈满心欢喜,于是趟成"大"字形晒太阳。

这时来了几个无聊的色友,大概是觉得吾辈的晒相特别可可特别销魂,便举起相机、手机对吾辈一阵啪啪啪啪……

吾辈大好的心情被搅,登时火气上升,叫骂道:"乃们这帮侵犯吾辈隐私的家伙,该死!"结果对方不以为意,继续施施然啪啪啪啪……

为了不违吾辈的人生态度,吾辈不想把事态搞大,起身准备躲避这帮无聊的"狗仔"(喜欢遛狗、把狗当儿孙的家伙)拍客,一走了之。

谁想对方太过张狂,围住了吾辈。只有我突出重围,冲出农家乐,爬上几层石阶,进入高楼大院求援。

猛然,我失去重心,原来已被某人抱起,只见乙一大人正轻抚我的背,他柔声说道:"小幸,乖!这里不是你的家,你的家在那边。"我先是失声"喵呜",然后向前引路,带着深爱吾辈的押井一家三口去搭救我的小伙伴们。

本猪在梦中透过二楼的卧室窗户看着老师的这一善举……

8月2日

昨晚十分不舍地将《小生物语》看完了,读着乙一老师唯一的一部"私小说",感觉陪伴着他共同成长了一次。这种阅读感受实在太赞了!遂发出宏誓:如果这书出了简体版,我一定要抢一个荐书名额。

10月21日

今天是老师的生日。有三件事要向大家汇报:第一,由于豆瓣乙一小组的原组长申请注销了账号,组长的位子空了出来,最后豆瓣通过了我的组长意愿申请,即该小组组长易主了,但宗旨不变——永远钟爱乙一老师;第二,我受邀加入了据说是最大的乙四专属QQ群(最多可有一千名成员),一开始大家还聊老师和老师的作品,现在似乎已经无所不聊了;第三是如我此前预测,受《小生物语》阅读征候群影响,我要暂停这本日记的撰写工作了,敬请此时仍在默默支持或腹诽我的朋友们谅解。

2010 年

5 月 22 日

今天,"Q 文化"为了呵护乙一老师略微渺小、羞涩的心,在 S 市举行了规模不算很大的读者见面会。我有幸和老师握了手,并送上了 Z 市特产作为见面礼(Z 市应该为之颁发"文化交流勋章",每次和外市、外省、外国的朋友见面,我都会送出几乎同样的"薄礼"),也拿到了梦寐以求的签名本。本猪已彻底圆满,一定可以因此升天成佛!

从今天起,《乙四物语》不再更新。